한국인이 본 미국 서민생활 이야기

# 아름다운 나의 세탁소

한국인이 본 미국 서민생활 이야기

# 아름다운 나의 세탁소

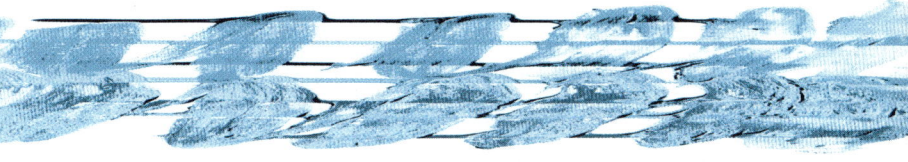

양대석 지음

리즈앤북
ries & book

# 미국 빨래방은 미국 사회의 축소판이다

집에 세탁기 놓을 형편이 안 될 정도로 가난한 미국 사람들. 이들에게 빨래방은 한국의 동네 구멍가게처럼 정기적으로 들러야 하는 곳이다.

이민 초기자들에게 빨래방은 많지 않은 휴식 공간이 되기도 한다. 겔러그 게임기와 핀볼 머신이 있고 멕시코 고향에서 듣던 노래를 빨래를 개키며 들을 수 있는 사랑방이기도 하다.

여행객들에겐 방문지의 얼굴이자 정보 교환의 장소가 된다. 론드로멧은 장기 여행자에게는 중간 휴식처로 다음 여행지를 위한 준비 장소가 된다.

집 안의 세탁기가 고장 나면 곧바로 고칠 수 있는 여유 있는 사람이거나 이불 빨래를 해낼 수 있을 정도로 커다란 기계를 갖춘 이들 말고는 미국 가정주부들은 론드로멧에 들른다.

우리 동네의 아미쉬들도 빨래방과는 거리가 먼 생활을 하는 이들이다. 이들은 집 안에서 수동식 세탁기로 빨래를 하고 햇볕에 자연 건조하는 2백 년 전 빨래 습관을 그대로 이어 오기 때문이다.

유럽에서 시작된 미국의 상업적 빨래방은 백 년의 역사를 지닌 유서 깊은 비즈니스다. 서부 개척 시절 중국인들이 세탁업에 많이 진출하면서 비즈니스로 정착하기 시작했다.

금광을 찾아 헤매던 광부나 총잡이 건달들의 더러운 옷을 빨아 주는 중국인들의 모습은 이제 영화에서나 찾아볼 수 있다.

1만 불짜리에서부터 1백만 불을 웃도는 대형 빨래방도 있다. 대도시 우범지대 마약의 거래소가 되는 빨래방이 있는가 하면 대서양 파도를 바라보며 빨래를 즐기는 곳도 있다. 몬타나 산골에도 있고 팜스프링스 사막에도 있다.

로우텍 비즈니스이지만 빨래방에도 이젠 하이테크 바람이 불고 있다. 동전이 아닌 카드를 이용해 결제하는 시스템이 개발된 것이다. 세탁 시간과 방식을 팜컴퓨터로 조정하는 기계도 새로운 실험이 이뤄지고 있다.

빨래방 동호 모임들에 따르면 빨래방 업주들은 빨래방 비즈니스의 미래를 낙관적으로 보고 있다고 한다. 그만큼 여러 요인으로 인해 수요가 증가할 것이라는 전망이다.

빨래방 비즈니스가 비교적 운영하기 쉽고 무인 운영도 가능하다 보니 많은 이들이 이 사업에 뛰어들고 있다. 전문직 종사자들에게 부업 혹은 은퇴 후 사업으로 빨래방 비즈니스가 인기가 높아가고 있다는 소식이다.

비즈니스라고는 처음 해보는 초기 이민자인 내가 이 사업에 뛰어들었다는 건 스스로도 믿겨지지 않는다. 여러 가지 장벽 때문에 선택권이 좁을 수밖에 없는 나로서는 다행한 선택이었는지 모른다.

하지만 나는 이 빨래방 비즈니스야말로 손님들과 인간적인 교류를 즐길 수 있는 좋은 사업이라고 생각한다. 그런데 대부분의 사업자들이 그렇게 하지 않는다. 참 애석한 일이다. 우리는 온갖 상품이 진열되어 있는 초대형 양판점이나 회원 할인점을 다니면서 그 풍요와 다양함에 감탄하면서도 어릴 적 구멍가게를 그리워하곤 한다. 그 이유는 인간적 만남이 있었기 때문 아닐까?

비즈니스를 하면서 고객과 깊은 대화를 할 수 있다는 점만큼 행복한 일도 드물 것이다. 나는 빨래방을 운영하면서 가능한 한 많은 손님들과 깊은 교류를 하고 싶다. 그래서 그들을 이해하고 그들을 통해 배우고 싶다. 그것은 그들이 빨래방 기계에 넣는 동전으로 우리 가족이 생활을 영위할 수 있기 때문이기도 하지만 그보다는 사람들과 어울리며 살아가는 것이 바로 진정한 삶의 의미이자 행복이라고 여기고 있기 때문이다.

나의 삶

# 내가 살고 싶은 도시

타국에 살다 보면 연고가 없다 보니 사는 곳을 선택하는 일이 자유스러운 편이다. 사실 비즈니스나 직장만 여유 있게 구할 수 있다면 자기가 원하는 것을 마음껏 할 수 있는 곳을 고르는 일은 그리 어렵지 않다. 문제는 자신이 생업 이외에 무엇을 하고 싶으냐가 어려운 선택으로 떠오른다.

어찌보면 단순하다. 골프를 즐기는 이는 골프장 옆에 집을 사면 될 것이고, 서핑을 좋아하는 이는 해변가에 자리를 잡으면 된다. 외로움만 다소 참을 수 있다면 큰돈 들이지 않고 어렵지 않게 미국 이민 생활은 살아갈 수 있다. 그만큼 아직 땅이 넓고 여유가 있다는 증거다.

이렇게 취미나 기호가 확실하다면 살 곳을 정하는 일이 간단해진다. 그러나 나의 경우는 다르다. 여러 가지를 한꺼번에 다 하고 싶고 때로는 변화와 자극을 원하는 까다로운 성향이기 때문이다.

전에는 사계절이 뚜렷한 곳이 사람이 살기에 적합한 곳이라고 여겼었다. 그러나 동북부에 몇 년 살아 보니 생각이 조금 변했다.

미국 이주 초기에 서부에 머물다가 필라델피아로 이사해 첫겨울을 보냈을 때 일이다. 길거리에 주차된 자동차의 형채를 알아볼 수 없을 정도로 많은 눈이 내렸다. 나는 집에서 직장까지 몇 블럭 거리였기에 미국에서의 첫눈을 낭만적으로 바라볼 수 있었다. '옳지! 신대륙이니 눈도 많이씩 오나 보다' 나름의 과학적 근거도 유추해 보면서 말이다. 그러나 그런 겨울을 몇 번 지내며 직장과 집이 조금씩 멀어지면서 나의 생각은 조금씩 바뀌기 시작했다.

지난 겨울에는 눈길에 자동차가 미끄러져 중심을 잡지 못해 길 한복판을 가로막은 적도 있다. '미국에서 결국 이렇게 죽는구나!' 할 정도로 아찔한 순간이었다. 그 뒤로 나는 하루빨리 겨울이 없는 곳으로 떠나자고 결심했다.

팜스프링스는 로스엔젤레스에서 멀지 않은 겨울이 없는 사막 지역이다. 인근에는 온천장으로 유명한 데저트 핫스프링스도 있다.

팜트리 가로수의 남국적 풍경을 비롯해 예술 공간도 적지 않아 은퇴자들이 선호하는 1순위로 꼽힌다. 가수이자 배우 프랭크 시나트라나 밥 홉 등 유명 연예인이 거리의 이름이 될 정도로 이곳은 한때 할리우드 스타들의 세컨드 홈으로 각광을 받았다.

그런데 이런 동네를 주거지로 삼고 이곳에서 비즈니스를 하려는 이들에게는 이야기가 달라진다. 5월과 6월, 두 차례 방문을 하고 나서 나는 이곳의 많은 노인들의 피부가 나이에 비해 많이 노화해 있음을 알 수 있었다.

하루는 낮에 너무 더워 주차장에 차를 세우고 반즈엔노블 서점에 들어가 냉커피를 마시고 여행 관련 책자를 구입하려던 참이었다. 서점 안으로 들어 가는 쇼핑몰 주차장까지의 그 짧은 거리가 너무나 멀게 느껴졌다.

사막의 햇볕은 피부 관련 질환으로 고생하는 이들에겐 공포의 대상이다. 아스팔트나 콘크리트에 반사되어 열기는 한층 더해진다. 고온다습한 열대 기후와는 또 다른 이 사막 지역의 햇볕은 아주 메마른 것이어서 생활에 많은 불편을 준다.


우리는 통상 죽음이란 그 속성이 습하고 어두운 것으로만 알고 있다. 그러나 사막의 죽음은 다르다. 이곳의 죽음은 공개적이고 노출되어 있다. 이곳에서는 동물이든 식물이든 죽어도 묻을 필요 없다. 묻기 힘들 뿐 아니라 묻지 않는 것과 별반 차이가 없기 때문이다.

이곳 주민들은 북부의 겨울철을 피해 이곳으로 찾아드는 관광객이나 이곳에 집을 사놓고 휴가를 즐기는 이들을 '스노우 버드(snow bird)' 라고 부른다. 이는 부자들에 대한 부러움도 있지만 비아냥도 담겨 있는 듯하다. 한 계절 가운데 가장 온화한 때를 찾아 피한(피서의 반대)하는 이들에게야 사막은 더할 나위 없는 한철 보금자리겠지만 이곳에서 여름을 보내야 하는 이들에게 이곳의 태양열은 두려움 그 자체인 것이다.

워싱턴 주 시애틀의 겨울비는 커피향과 함께 어우러지면 그 어느 장면노 아름다운 추억으로 남는다. 인근 지역의 원시림은 어떤가? 레이니어 마운틴 자락은 그야말로 공룡시대의 자연을 21세기에 체험할 수 있는 보물과 같은 숲이라고 할 수 있다. 그러나 이 동네 살려다 신경통 때문에 엄두를 못내는 경우가 많다.

플로리다 주 포트 로더데일 같은 곳도 오랫동안 은퇴 후 최상의 정착지로 각광을 받아 왔다. 그러나 지난 2004년 9차례나 닥친 허리케인 때문에 인기가 크게 위축되었다.

내가 첫눈에 반해 천국이라고 생각한 우리 동네 랭커스터는 2백 년 전 유럽 농촌 풍경을 감상할 수 있는 곳으로 제격이다. 농경지가 주택지로 개발되었지만 일부 농경지는 개발이 극도로 제한된 나머지 주택가가 퍼즐식으로 농경지에 둘러싸인 곳이 많다. 현대 문명의 각종 이기를 즐기면서도 농촌 풍광을 감상할 수 있는 최적지라고 할 수 있다.

그런데 한 여름에 이런 주택을 몇 채만 지나쳐 가도 생각이 180도 뒤바뀐다. 아미쉬들은 가축 분뇨를 이용한 거름으로 농사를 짓다 보니 비료를 주는 시기에 동네 전체가 악취로 진동한다. 목축업도 성행해 인근 소와 닭장에서 내품는 분뇨의 냄새는 도가 지나치면 낭만은 자연스레 잊혀지기 마련이다.

그건 한 번도 농촌에 살아 보지 않은 도시인의 행복한 고민이라고 치부하더라도 원자력 발전소는 다른 문제이다. 우리 동네 원자력 발전소는 길이가 3마일인 섬에 있다고 해서 '쓰리마일 아일랜드'라고 한다. 이 원전 냉각탑 사고는 미국 내 원전 건설 사상 최대 사고로 기록된다. 사고 당시 섬 인근 주민들은 모두 대피해야 했다. 랭커스터 주민들도 마찬가지다. 최근에는 테러 위협에 대처한다며 수백만 달러를 투입해 안전 시설 설치 작업을 보강했다고 한다. 신문에 쓰리마일 아일랜드 소식이 나올 때마다 가슴 철렁하는 것은 나뿐만이 아니다. 그만큼 우리는 위험 시설 인근에 살고 있는 것이다.

추워도 못살고 더워도 못 참고 냄새 때문에 못살겠다고 아우성이다. 돌풍이나 해일 때문에 비나 눈이 많이 와서 이사해야겠다는 사람들도 갈수록 늘어난다. 그럼 우리가 머물러야 할 곳은 도대체 어디에 있는 것일까?

# 내 마음의 고향

친구 따라 중학교 때 오른 서울 남대문 옆에 위치한 남대문교회의 언덕은 내마음의 고향이다.

다른 급우들이 느티나무, 메밀꽃을 고향집 풍경으로 떠올릴 때 나는 고즈넉한 바위 건물 남대문을 따뜻한 고향의 품으로 떠올리곤 했다. 성경 공부와 기도를 통해 경건의 의미를 배웠고, 찬양 시간에는 예술의 어렴풋한 한가락을 맛보았다. 친구들과의 대화와 논쟁은 웅장한 건물 속에서 메아리처럼 지금도 가슴을 울린다. 이 시절 남대문교회의 돌벽 하나하나는 첫사랑의 시집이었다.

남대문교회의 밑바닥 인생을 사는 '어둠의 자식들'이 북적이는 동네를 곁에 두고 다른 한 편에 초현대식 대우빌딩이 들어선 것은 의미가 깊다. 물질주의에 빠지지 말고 사랑의 복음을 전파하라는 신앙 선배들의 귀한 가르침이었나?

우리 교회 바로 옆엔 맹인들의 자구 조직인 '협심회'가 있었다. 대학 시절 이곳 협심회에서 짧은 기간 봉사를 하면서 삶이란 무엇인가라는 고뇌에 빠진 적도 있었다.

어느 날 협심회의 한 회원 가족을 방문했다. 부모가 맹인이지만 젖먹이 아이는 빛을 볼 수 있었다. 단칸방에서 맹인 부부 옆에서 자신의 배설물을 만지고 노는 아이의 모습을 봤을 때 얼마나 눈물이 흐르던지. 엄마는 배내 맹인이지만 광부였던 아빠는 탄광에서 폭발 사고로 시력을 잃었다. 이들에게 예수님은 어떻게 다가오시는 건지 의아스러웠다. 그러나 이들은 불쌍해하는 나보다 더욱 행복하게 살고 있었다. 빛이 되시는 예수의 부활을 기다리면서.

난지도 주민들의 삶을 엿볼 수 있었던 것도 이 무렵이다. 협심회 봉사 조직과 난지도 활동가들은 서로 긴밀한 관계에 있었다. 쓰레기가 생계 수단이었던 난지도 주민들의 삶은 그래도 나았다. 일부 주민들은 서울 시민들의 쓰레기로 어떻게 집 한 채를 지을 수 있는지를 보여 주었다. 마포에서 온 문짝에 용산에서 버려진 쇠창문, 청계로에서 왔음직한 나무 조각들… 쓰레기로 삶을 엮어 가는 이들의 마음은 예루살렘 궁전이 부럽지 않아 보였다.

마침내 교회 옆에 대우빌딩이 들어섰다. 대우그룹은 양동이나 서울역 지하철의 피폐해짐을 뒤로 하고 세계를 움켜쥘 듯 성장과 확대를 계속했다. 이 그룹 총수는 '세상을 넓고 할 일이 너무 많다'고 해 국민적 공감을 샀지만 그 속은 서민들의 고통과 아픔으로 채워져 있다는 사실을 알기까지는 그리 많은 시간이 필요하지 않았다.

남대문교회는 이렇듯 수도 서울의 한복판, 범죄와 사망이 가득한 곳에 위치해 있다. 그러면서 독재 정권의 종말, 시민 운동의 본거지 그리고 선거 혁명의 본산지를 앞마당에 두고 있다. 남대문의 이 같은 지리적 위치는 빈부의 교차로에서 우뚝 서 물질주의와 배금사상에 물든 우리 사회의 등대 역할을 하라는 섭리라는 생각이 든다.

청년 시절의 남대문의 추억을 안은 채 나는 중구에서 강북, 은평, 용산으로 그리고 경기도 안양으로 주거를 옮겨야 했다. 그리고는 남대문을 멀리한 채 지금은 이역만리에서 이렇게 덩그러니 떨어져 살고 있다.

지금 교회 주변은 어떻게 변했는지 내 기억에는 십수 년 전 모습뿐이다. 그만큼 나는 고향을 멀리하고 살았다. 교회 역시 다시 가지 못했다. 삶의 터전과 공간이 바뀐 탓도 이유가 되겠지만 신앙의 길을 인생의 중심에 놓지 못했기 때문인 게 솔직한 고백이다.

남대문의 추억은 어디를 가나 나의 사고의 잠재의식에서 용솟음치고 있지만 나는 아직 겨자씨 만한 믿음도 지니고 있지 못해 부끄러울 뿐이다. 그러나 어디에 살든, 무엇을 하든 남대문교회는 내 마음의 고향, 내 인생의 십자가로 남을 것이다.

## 누가 뭐라 해도

엊그제 전화 한 통을 받았다. 이 동네에서 몇 안 되는 안마시술소에서 세탁기가 고장났는데 고쳐 줄 수 없겠느냐는 내용이었다. 대화 도중 특유한 액센트에 한국인임을 알고는 서로 반가워했다. 뉴욕에서 방금 왔다는 아주머니는 빨리 자신의 업소를 방문해 달라고 했다. 빨래 건조기가 돌아가면서 소음이 난다는 것이다.

이날 오후에 서둘러 시간을 잡아 말로만 듣던 마사지 팔러의 내부로 들어가 보았다. 2시간을 씨름했지만 내 기술로는 어쩔 수 없어 하릴없이 손을 놓고 말았다. 부품 구입도 시간이 걸리는데 아주머니는 지금 당장 수리를 해야만 한다고 간청을 했다.

하는 수 없이 다음 날 다시 방문을 하기로 하고 집으로 돌아와 관련 책자를 뒤지기 시작했다. 생각보다 어렵지 않았지만 4년 가까이 주 7일 사용한 기계인지라 내가 수리한다고 해도 다른 고장이 또 날 것 같았다. 그래서 아주머니에게 새 기계를 구입하라고 권했다. 시간을 내 기계 사는 것을 도와 드리기로 약속을 했다.

이 업소에서 청소를 한다는 50대 후반의 아주머니가 나와 동행했다. 동네 이곳 저곳을 돌면서 아주머니와 자연스레 얘기를 하게 되었다. 불과 몇 주 전에 관광 비자로 미국에 왔다는 이 아주머니는 뉴욕과 나이아가라 폭포를 구경했는데 몇 개월 더 머물면서 돈을 벌기로 했다고 한다. 한국으로 돌아가더라도 다시 관광을 올 거라며 다음번에는 그랜드 캐니언을 구경할 계획이란다.

가장 최근의 한국 소식이 나에게는 감로수가 아닐 수 없어 이것 저것 물어 보았다.

"한국은 살 데가 못 되요. 살인이 밥먹 듯 일어나고. 못살겠다고 하루가 멀다고 자살하고. 싹수가 노랗다고요."

한국에서 무엇을 하는지 물어보진 않았지만 그 아주머니는 그 작은 업소에서 거의 하루 종일을 청소하며 아가씨들 뒤치다꺼리해 미국 관광비를 버는 게 한국 생활보다 더 좋아 보이는 것 같았다.

방학 시즌은 미국 동포가 모국 소식을 가장 자주 접하게 된다. 많은 동포들이 이 시기를 이용해 이런 저런 연유로 한국을 방문하는 일이 잦기 때문이다. 교회에서도 많은 교우들의 한국 방문 이야기를 들을 수가 있다.

"저는 매년 나가지만 이번에는 특히 실망이 크더라구요. 생활이 어려워서인지 인심도 더 각박해졌고요. 내년에는 별로 갈 생각 없어요. 부모 형제만 없으면 더 이상 나갈 일이 없어요."

같은 교회에 다니는 한 교우는 이번 4주간의 모국 방문 소감을 이렇게 전했다. 최근 모국을 방문한 이들은 하나같이 모국의 부정적인 측면을 많이 부각하고 있는 것 같다.

교통이 더 안 좋아졌다느니, 공해가 더 심해졌다느니, 빈부차가 더 심화됐다느니, 한결같은 불만의 목소리다.

인터넷이나 신문으로 한국 소식을 접하는 나로서는 그런 소감을 완전히 이해는 못하지만 짐작이 가는 얘기다. 미국의 어느 부분과 비교하는지는 몰라도 상상만으로도 알 수 있을 것 같다.

그렇지만 나는 누가 뭐래도 한국이 좋고 한국 사람이 그립다.

따지고 보면 미국도 마찬가지다. 아니 훨씬 심하다. 로스엔젤스와 뉴욕의 교통 체증은 세계적으로 유명하고 이들 도시의 공해는 세계 최악 수준이다. 내가 사는 중소 도시만해도 공기 오염이 심해 '오존 경보일' 제도를 도입해 노약자들의 바깥 출입을 자제하고 있는 실정이다. 세계에서 원자력 발전소가 제일 많으니 그만큼 위험

하다고도 할 수 있지 않을까? 미국 대도시나 중소도시의 대부분에서 다운타운의 특정 지역은 야간 출입을 삼가라는 얘기를 자주 듣는다. 그만큼 위험하다는 얘기다. 세계 최대 마약 소비국, 세계 최대 강력 범죄국이 미국이 아니던가?

두 나라를 이렇게 단순 비교하는 것은 억지가 따르겠지만 아무튼 나는 조국이 좋다.

이번에 한국에 가면 한강 다리를 때로는 걸어서 때로는 자동차를 타고 전철을 타고 죄다 건너보고 싶다. 강남 고층 빌딩 거리에서 외국 음식점을 보고 비웃어 보련다. 한국 전통 음식점을 하루에 몇 군데씩 돌며 맛보고 싶다. 아침 출근 시간대에 지하철에 올라 옛날을 회상하며 한국인 땀내를 맡으며 정을 나누련다.

아무리 그들이 뭐라고 해도 나는 한국에 가고 싶다. 아파트 값이 10배나 올랐다는 강남 아파트촌도 둘러보고 무숙자가 많다는 역구내도 돌아보고 싶다.

서울이 고향인 나에겐 공해와 번잡함은 오히려 그리움의 대상이다. 누구는 헛된 그리움이라고 치부할지 모르지만 그것은 환상이 아닌 실제이다.

그것은 한국 말도 잊고 미국 말도 못하는 불구자의 하소연이다. 최근 뉴욕 타임스가 선정한 베스트셀러 목록에 '죽기 전에 여행해야 할 세계 1천 곳'이라는 여행 안내서가 있다. 이 책의 어느 구석에도 한국은 없었다. 몽고, 인도, 중국, 일본은 실렸지만 대한민국은 없었다. 몰라도 한참 모르는 저자가 아닐 수 없다.

감히 대한민국의 명물 백두산, 금강산, 첨성대, 석굴암을 빼놓다니.

누가 뭐래도 난 한국이 좋다. 누가 뭐래도 나는 한국 친구가 좋다. 이번에 한국에 가면 친구들과 정담을 나누는 것 말고라도 남대문교회 앞 비탈길을 평일을 잡아 혼자 올라 보리라 다짐한다. 그렇지만 그게 올해는 불가능할 것 같아 그저 그리움만 태우고 있을 뿐이다.

# 더러운 돈

빨래방을 운영하면서 가장 하기 싫은 일 가운데 하나가 정기적으로 해야 하는 드레인 라인 클리닝 작업이다. 영어라서 그럴 듯하게 들릴지 모르나 다름 아닌 하수도 청소이다.

빨래 건조기야 기계 안에 누적되는 옷감 먼지를 진공청소기로 청소하면 그만이다. 건조기 청소 작업은 기계 한 대씩 비교적 넓은 이동 공간에서 건조기의 앞면을 분해해 기계 내부를 쓸고 닦는 어렵지 않은 작업이다.

그러나 세탁기의 경우는 기계마다 청소는 물론이고 세탁 하수가 모아지는 폐수 저장 탱크까지 청소해야 한다. 그런데 이 배수관 청소 작업이 그리 유쾌한 일이 아니다. 배수관을 청소하자면 기계끼리 등을 맞대고 있는 뒤 통로로 기어 들어가야 한다. 그 공간이 넓지 않은데다 세탁한 뒤 버려지는 하수를 일단 모으는 저장 탱크가 플라스틱으로 만들어져 있어 자칫하면 이 탱크를 부술 우려 때문에 남에게 맡기지도 못하고 내가 직접한다.

한 사람이 들어갈 만한 동굴로 들어가 하수 찌꺼기를 긁어내는 작업이다. 그 안에 들어가면 온갖 빨래 찌꺼기와 세제 덩어리 등 생활 하수가 모아진 폐수장이 있다.

그런데 놀라운 것은 이 생활 찌꺼기를 수거하는 과정에서 뜻밖의 소득을 올릴 수 있다는 점이다. 청소를 할 때마다 어김없이 옷감을 세탁하는 과정에서 나오는 동전들이 수북이 쌓이는 것이다. 일부 동전들은 세제에 부식돼 화폐로서의 가치를 잃기도 하지만 대부분의 경우 통용 가능한 돈이다. 하루는 청소를 마치고 금액을 계산해 보니 150달러나 나오는 것이 아닌가? 내가 미국 와서 첫 주급이 3백달러였으니 어느 정도의 금액인지 독자의 상상에 맡기겠다.

언제부턴가 이 하수 저장고는 고객은 물론이고 식구들도 모르는 나만의 비밀금고가 되어 버렸다. 나는 마스크와 고무장갑을 끼고 이 하수구로 들어가 정기적으로 이 냄새나고 '더러운' 돈을 별다른 노동없이 정기적으로 주워 담고 있다.

사실 나는 한국에서 다른 의미의 더러운 돈을 받은 적이 있다.

그것도 여러 번. 정부 기관에 출입하다 보면 정기적으로 은행에서 갓 나온 잉크 냄새가 짙은 촌지를 받는 건 시간이 지날수록 너무도 자연스러워진다. 명절이 가까워지면 촌지가 은근히 기다려지기까지 하는 게 솔직한 심정이었다.

H기업에 관해 취재했을 때의 일이다. 이 회사의 특정 사안에 대해 취재를 하는 과정에서 이 기업의 홍보 담당자와 만났다. 그는 기사는 아무래도 좋으니 식사나 한번 하자고 제의를 해 왔다. 호기심과 부담감이 교차했다. 그는 나를 고급 술집으로 초대했다. 생전 처음 보는 음식과 분위기에 나는 이성을 잃고 말았다. 술자리가 끝나면서 그는 내 호주머니에 봉투를 찔러 넣었다. 만취 상태에서 집으로 돌아 오는 길에 계속 그 봉투의 두께를 손으로 재고 있었다. 만 원권도 아닌 10만 원권 수표가 수두룩. 나는 다음 날부터 심각한 고민에 빠졌다.

기사와 연관되지 않은 '기자 정신에 대한 순수한 애정의 표현'이라는 그의 말이 귀에 맴돌았다. 그러나 그건 순수하다기에는 너무 많은 돈이고 지나친 향응이었다. 고민 끝에 그 돈을 다시 그 사람에게 우편으로 반송하기는 했지만 이 사건은 오랫동안 나의 부끄러움으로 기록됐다.

나는 미국에 와서 짧은 시간 동안 기자 생활을 하면서 언론인으로서 취재원의 돈은 물론이고 향응이나 식사 대접도 받지 않겠노라고 결심하고 이를 실천했다. 그러나 이는 또 다른 오해와 문제를 낳았다.

미주 동포 언론은 한인 커뮤니티가 주요 취재원이다. 한인 이민자들 대부분은 낮 시간에 생업에 종사하는 만큼 기자 회견이나 행사는 저녁 시간이나 주말을 이용한다. 이를 커버하는 기자들이 취재원을 만날 수 있는 시간은 점심 식사나 저녁 식사 시간이며 이런 회견이나 모임도 식당에서 이뤄지는 게 보통이다. 그러니 기자와 취재원 간의 식사 자리는 자연스럽다. 한국인의 정서로는 아무런 문제가 없는 일이다. 그러나 나는 취재원과는 절대로 식사하지 않기로 마음먹었기 때문에 이만 저만 골치가 아니었다. 취재원은 식사를 하는데 나는 못하게 되거나, 취재원과 다른 언론사 기자들은 한자리에서 식사를 하는데 나 혼자 식사를 거르는 경우가 자주 일어나니 분위기도 어색해지고 취재원이나 다른 기자들도 나를 백안시하거나 외면하는 일이 생겼다. 이런 상황을 몇 년 동안 지속하는 일은 고역이었다.

나는 생각을 바꾸어 식사를 같이 하면서 돈은 각자 낸다든가, 아니면 이번에는 얻어먹는 대신 다음에는 내가 사면 괜찮지 않느냐고 자문하면서 태도를 바꾸는 게 어떨까 생각해 보기도 했다.

그러나 미국 내 한국 식당의 밥값은 팁을 포함하면 적어도 1인당 10달러는 주어야 한다. 당시 내 주급으로는 이런 비싼 식사를 할 처지가 못됐다. 그리고 말이 쉽지 기자와 취재원이 각자 돈을 낸다는 건 미주 한인 사회에서는 거의 불가능한 일이다. 그건 취재원에게 모욕이 될 수도 있다. 기자는 언제나 얻어먹는 처지인 것은 불 보듯 뻔한 일이다.

결국 나는 고민 끝에 기자 회견이 있을 즈음에는 다른 곳에서 식사를 먼저한다든지 하는 식으로 식사 자리를 외면하곤 했다.

도덕적으로 내가 남보다 더 깨끗하기에 식사를 하지 않으려고 한 게 아니다. 더욱이 누구에게 보이려 한 것도 아니다. 그보다는 힘든 이민 생활을 하는 한인 동포들에게 기자가 짐이 되어서는 안 된다는 생각에서였다. 대부분 힘든 육체노동으로 정성스레 모은 돈을 미주 사회에서 별로 힘들지 않는 직종인 사무직에 있으면서 식사나 접대를 받는 것은 바람직하지 못하다고 생각했기 때문이다. 그러나 예외 없는 규정이 어디있겠는가?

하버드 대학에 입학한 필라델피아 한 고등학생의 부모를 취재했을 때 일이다. 부모는 이민 1세대로 십여 년간 동네 피자 가게를 꾸려 왔고 살림은 바로 그 피자 가게 2층에서 하면서 아이 뒷바라지를 했다. 그 부모의 자녀 양육 요령이나 뒷얘기를 듣고자 찾아 갔다. 취재가 끝나자 어머니는 기다렸다는 듯 대형 피자를 두 판이나 구워 내주면서 말했다.

"변변치 않지만 신문사 기자 여러 분들과 같이 드세요. 이래 보여도 이 피자로 막내 딸을 하버드 대학에 보냈다우."

주차장에 세워 놓은 자동차 안에 들어와 앉으니 격한 감정이 복받쳐 올랐다. 부모의 희생적 사랑과 이민 생활의 고통이 한데 뒤엉켜 나는 잠시 호흡을 가다듬어야 제대로 운전할 수 있을 것 같았다. 그 어머니가 주신 유채꽃 속에서 뛰어노는 그녀의 하버드 대학생 딸의 사진과 두 판의 따뜻한 피자를 품에 안고 이 가족의 고생담을 떠올리며 울었다.

그 어머니가 만들어 주신 피자는 그동안 내가 먹었던 어느 피자보다 맛있었다.

# 버리는 삶 간직하는 삶

중학교 2학년 즈음이었나?

어머니가 영등포 어느 밥집 주소를 주시며 그 집에서 주는 꾸러미를 가지고 오라는 심부름을 시키셨다. 버스를 타고 한참을 걸어도착한 그 밥집은 막걸리도 파는 선술집이었다. 시큼한 냄새가 진동하는 그 꾸러미가 술을 빚는 누룩이라는 것을 나는 단박에 알아봤다. 당시 우리도 중구 산림동에서 작은 식당을 했있는데 바로 밀주 재료를 이곳에서 가져다 술을 담갔던 모양이다. 그 꾸러미를 가슴에 안고 집으로 돌아오는 버스에 올랐다. 버스 안에서 심한 갈등을 했다. 아버지는 술만 드시면 집안이 평안치 않았다.

"그런 '죄악' 같은 술을 우리 집에서 몰래 팔고 있다니. 그리고 내가 그 심부름을 하다니."

어린 마음에 죄책감이 이만 저만 아니었다. 마침내 결심했다. 노량진 근처에서 버스를 세우고 한강 다리로 향했다.

'이것을 한강에 버리면 우리 집에서 술을 팔진 않겠지.'

그런 생각으로 한강에다 그 술 재료를 던져 버렸다. 그리고는 빈손으로 집으로 왔다. 아버지, 어머니에게 혼날 각오를 했으나 의외의 반응이 나왔다.

"내가 잘못했다. 다시는 밀주 장사를 하지 않겠다. 너도 이제 다 컷구나."

이렇게 말씀하시는 어머니 눈엔 눈물이 글썽였다.


경실련 부정부패 추방운동본부 사무국장 시절이다.

모의사가 대통령 아들의 비리가 담긴 비디오 테이프가 있다 하길래 때로는 사정도 하고 부탁도 해 가며 테이프를 폭로해 정의 사회를 만들자고 호소했다. 그러나 그 의사는 일부를 보여 주기만 하고 나에게 건네주지는 않았다. 나는 그의 사무실을 방문해 그가 잠시 자리를 비운 틈을 타 비디오 테이프를 훔쳤다. 그리고 사무실과 집에서 다시 틀어 보았다. 테이프의 일부 내용은 공개의 가치가 있었지만 대부분은 일반인에게는 공개 해서는 안 될 사생활이었다. 그래서 나의 판단에 따라 공개 가치가 있다고 생각한 테이프의 일부를 복사한 뒤 나머지는 녹번동 집 야산에 파묻었다. 그리고 카피한 그 테이프를 상급자에게 제출했다. 당시 나는 담당 부서의 장으로서 자료의 내용 가운데 공개와 비공개의 내용을 내가 충분히 판단을 내릴 수 있는 권한이 있다고 생각했다. 내가 야산에 테이프를 파묻은 것은 그 내용이 정치나 비리 등과는 아무 관련 없는 그저 일반적인 사생활이었기 때문이다. 하지만 결국 정치 비리를 폭로하려던 그 일은 의협적인 행동이 된 것이 아니라 남의 사생활을 몰래 촬영한 장면만을 엿보게 된 셈이 되어 버렸다.

그 뒤 나는 미국으로 건너가 새로운 삶을 개척했다. 미국에 머물던 때 나는 내가 절도 혐의로 기소가 되었고 궐석재판으로 집행유예 판결을 받았다는 사실을 뒤늦게 알았다.


오늘 한 고객이 세탁소를 찾아왔다.

니는 그의 호주머니에서 손톱 크기의 가루가 잔뜩 담긴 여러 개의 봉투를 발견했다. 한 번도 본 적은 없지만 마약이라는 것은 어렵지 않게 알 수 있다. 고객의 옷에서 나오는 물건은 당연히 고객의 소유이기에 돌려 주어야 마땅하다는 것은 모르는 바가 아니다. 그러나 20대 초반으로 보이는 사람이 이런 것을 갖고 있다면 뒷일은 어렵지 않게 상상할 수 있다.

손님이 떠난 뒤 이 가루를 쥐고 떨리는 손으로 화장실로 향했다. 영화에서 보던 식으로 변기에 이 가루들을 모두 쏟아 붓고 물을 내렸다. 이 가루의 주인이 다시는 이런 마약에 손을 대지 말 것을 기도하면서.

나는 이렇게 남의 것을 훔쳐서 버린 기억이 있다. 십계명을 어긴 것이고 죄악을 저지른 것이다. 이런 행위에 대한 법률적 판단은 내게 중요하지 않다. 다만 우리가 한평생 살면서 이렇게 훔치기도 하고 버리기도 하는 게 아닌가 하는 생각을 할 뿐이다. 그렇지만 앞으로는 버리기보다는 간직하고 싶은 것이 많은 그런 삶을 살고 싶다.

# 부러움 그리움 허무함

미국에 처음 온 사람들이 영주권 없을 때는 거리에서 구걸하는 미국 거지를 한없이 부러워한다는 말을 뒤 늦게 깨달았다. 나는 신분 문제 걱정이 없는데 왜 저렇게 살까 이해를 못했었다. 신분 문제만 해결해 준다면 봉급도 받지 않겠다고 했던 나의 행동이 부끄럽지만 당시로서는 어쩔 수 없었다. 영주권을 딴 뒤에는 월 3백 불 아파트 생활 언제 면하나 밤마다 고민하며 잠 못 이뤘다. 언제나 파란 잔디 깔린 단독주택에 입주하나 손가락을 꼽곤 했었다.

그런데 단독주택에 살아 보니 별거 아니다. 이것 저것 챙기느라 돈, 시간 소비도 이만저만이 아니다. 행복한 고민이라고? 지내 보면 깨닫게 된다. 단독주택에 살다 다시 아파트로 이주한 K장로님을 십분 이해한다.

어제 돈을 빌리려고 서류를 챙겨 보았다. 집 가격의 불과 1할 정도의 재산이 나의 실제 소유란다. 그러니 1천 평 집에 살고 3억 정도의 집이라 해도 나의 실제 재산은 불과 3천만 원 정도이다.

모든 걸 수치화, 재물화하는 요즈음이라 이런 이야기에 귀를 솔깃해하는 이들 많으리라. 한국에서 어렵게 사는 이들에 대한 얘기는 많이 듣는다. 미국 이민 온 우리를 부러워하는 얘기 또한 자주 접한다.

그러나 난 인생의 덧없음에 그저 하늘을 바라볼 뿐이다. 대부분이 빚이고 허상일 수 있다. 나는 신분상 미국에서도 한국에서도 투표권이 없다고 한다. 그 어느 나라 사람도 아닌 그저 고국을 떠나 생활하는 이방인일 따름이다.

아파트에 살면서 부모처럼 지낸 프레드 아저씨 식구들이 그리워진다. 단독주택에 살지만 앞뒷집 모두 이역만리보다 먼 타인들뿐이다. 영주권이 없다고 불쌍한 듯 대해 준 한인회 간부들의 따사로움이 이제 모두 추억이 되어 버렸다. 사실 미국 오기 전 한국에서 전세 살 때가 더 좋았는지 모른다. 꿈속에서 동네 앞에 족발, 삼계탕, 물냉면을 모두 세 그릇이나 해치웠다.

오늘도 이 이방인은 빚더미를 조금이라도 허물어 볼 요량으로 세탁기 벨트를 고치려 어설프게 드라이버를 손에 들었다.

# 빌리 그레함 목사와 아들 딸

빌리 그레함 목사의 설교가 텔레비전에서 나왔다. 지난 어머니 날 특집으로 녹화된 것을 연말을 맞아 NBC방송이 재방송하는 프로였다. 수만 명이 운집해 그의 설교를 경청하고 있었다.

"예수를 구주로 영접하고자 하는 이는 바로 앞으로 나오시오." 체육관을 메운 수많은 이들이 단 아래로 몰려들었다. 나도 직접 참여했던 20여 년 전 한국의 여의도 광장 집회가 주마등처럼 스쳤다.

빌리 그레함 목사는 올해(2004년) 84세가 된다. 그의 선교 여행은 반세기를 넘어 180개국에 이르며 연인원 2억 1천만 명이 참여했다. 이제 건강 쇠약 등으로 그의 유업을 아들 플랭클린 그리고 딸 앤 그레함 로츠가 잇고 있다. 앤은 성공한 작가이자 성서 교사로 현재 노스캐롤라이나에서 앤젤 미니스트리라는 선교 단체를 설립 운영하며 주로 여성 선교에 주력하고 있다.

아들 플랭크린은 연 예산 1억 5천만 달러에 이르는 '사마리탄 퍼스(사마리아인의 지갑)'이라는 선교 단체를 운영하면서 아버지의 뒤를 잇고 있다. 어찌 보면 빌리 그레함 목사에 이어 이들 둘은 미국 개신교에서 가장 영향력 있는 인물로 보아도 무리가 아닐 듯 싶다.

그러나 나는 플랭클린의 한 인터뷰 내용은 미국의 전형적 보수 기독교인의 타 종교인에 대한 시각을 단적으로 보여 준다고 생각한다. 그는 NBC TV와의 인터뷰에서 이슬람교에 대한 그의 생각을 묻는 질문에 이렇게 대답했다고 한다.

"The GOD of ISLAM is not the same GOD, It's a different
GOD, and I believe it is a very evil and wicked religion."

이슬람 신이 기독교 하나님과 같지 않다거나 별개의 신이라는 표현이야 신앙 고백일 수 있다. 그러나 이슬람은 악마적이고 사악한 종교라고 한 것은 독선과 자만의 극치를 보여 주는 독설이 아닐 수 없다.

12세기 십자군 전쟁 당시 초기 승리를 거둔 이슬람교도인 이집

트의 제왕 살라딘은 피정복자인 기독교인을 보복하기보다는 비폭력으로 대해 숭배를 받았다. 그러나 그 뒤 기독교계의 영국 리처드 왕은 살육과 약탈을 일삼았다. 당시 정복당한 이슬람 민중들은 정복자에 대한 열등감보다는 자신들과는 비교가 안 되는 야만인이라고 치부해 오히려 우월감을 키웠다는 게 역사가들의 증언이다.

그러니 오사마 빈 라딘이 지난 98년 반미 성전을 강조하면서 살라딘 식의 평화적 해결보다는 피의 복수를 다짐하지 않았던가?

현재의 테러 반테러 전쟁은 결코 종교 전쟁은 아닌 것 같다. 그러나 이 전쟁의 대극에는 종교적 색채가 엇물려 있어 반문명적이라는 비난은 피할 수 없을 것이다. 이런 상황에서 영향력 있는 인사라면 다른 신념을 가진 이들에 대해 보다 신중한 표현을 사용했어야 하지 않나 하는 아쉬움이 남는다.

이슬람의 라마단이 멀지 않고 예수 탄생 기념일이 또다시 가까워 오는데 이 땅에 평화는 과연 언제 실현될 것인가?

# 숨어 사는 사람들

"저도 다시 시작한 거고 이 사람도 재혼이에요. 제 애는 하나인데 집사람 아이는 둘이에요. 자식들이 그래도 어느 정도 이해해 주는 것 같아 그나마 다행이에요."

우리 동네 한 그로서리의 40대 중반 부부의 얘기다. 그로서리는 한국으로 치면 대도시 변두리 동네 구멍가게 정도가 된다. 이 가게의 주인이 바뀌었다는 말을 전해 듣고 궁금증이 도저 짬을 내 들렀다. 주인 남자는 뉴욕에서 역시 그로서리를 하다 '말아 먹고' 자동차로 5시간이나 걸리는 이곳까지 흘러 내려왔다. 초혼에 실패한 뒤 혼자였다. 이 가게를 인수한 뒤 주변 사람의 소개로 새 부인을 맞이했다. 초면인 나에게 그는 '이런 건 미리 알아 두는 게 좋고, 그래도 괜찮으면 다시 만날 수 있다'는 식으로 자신의 아픈 과거를 서슴없이 털어 놓았다.

"뉴욕에서 살다가 생활고 등으로 헤어지고 몸뚱아리 하나 남아 이곳에 왔어요. 전 주인의 도움으로 가게를 외상으로 인수했고, 아직은 잘 갚아 나가고 있어요."

"저 사람은 그래도 나은 편이에요. 미국인 전 남편과 헤어지고 두 자녀가 있고 재산도 조금 있지요. 지금 같이 사는 집은 저 사람 집이에요."

고국을 떠나 사는 이들 가운데 이렇게 아픔을 간직하고 사는 이들이 있다. 더욱이 내가 살고 있는 중소 도시 같은 곳은 한국인들도 많지 않아 소문내지 않고 살고 싶어하는 동포들에게는 안식처가 될 수 있다는 생각에선지 아픈 과거를 지닌 이들을 찾기 어렵지 않다.

내가 접한 이런 부부들의 공통점은 부끄러움이 체화되어 자신들의 일부분이 되어 있다는 것이다. 자신의 잘잘못 여부를 떠나 이혼은 부끄러운 것이고, 자신은 그러한 부끄러움의 당사자이기 때문에 부끄러운 인생을 살 수밖에 없다는 것이다. 이렇게 부끄러움을 '먹고 사는' 이들은 여느 사람보다 더욱 따뜻한 가슴을 지닌 것 같다는 게 내가 이들 부부를 만난 인상이었다.

요즘 고국에서 부끄러운 일을 한 뒤 도피한 이들 때문에 해외 동포들의 빈축을 사고 있다는 소식이다. 재산을 몰래 빼돌린다든가, 범죄를 저지른 뒤 숨을 곳을 찾아오는 이들이 적지 않으니 해외 동포들을 곱지 않는 시선으로 보는 모국의 여론을 충분히 이해하고 남는다. 실제로 동포 사회에는 한국에서 뿐 아니라 이곳에서도 파렴치한 범죄를 저지르고 이곳 저곳의 한인 밀집지역을 떠도는 이들을 볼 수 있다.

그런데 내가 느끼기엔 이곳에서 사는 많은 이들 가운데 그렇게 형사상 범죄에 연루되어 부끄럽게 사는 이들은 전체 동포 사회에 비춰 보면 극소수라는 것이다. 그보다는 오히려 도덕적, 정신적인 부끄러움 때문에 고국과 과거를 등진 이들이 대다수가 아닌가 싶다.

부부 관계의 피치 못할 갈등, 친척들 간의 풀리지 않은 오해, 경제적 문제를 둘러싼 이해 대립. 많은 한인들이 이런 저런 아픈 과거를 가슴 한구석에 파묻고 타국의 삶을 이어 가는 것이다. 이런 저런 문제로 이혼했지만 그것이 부끄러워 옛 집과는 될 수 있는 한 가장 멀리 떨어져 사는 이들. 먹고 살아야 하니 자신이 일해 온 한인 업소 근처에서 경쟁 업체를 시작하지만 그러한 자신의 행동이 부끄러워 숨어 지내는 이들. 실연당한 충격에서 벗어나고자 고국을 등져 살면서 자신의 무능함을 자책하며 부끄러워하는 이들. 사실 이런 부끄러움은 이들 동포들의 가슴 가슴에 깊숙이 자리잡고 있는 것이다. 많은 한인들은 이렇게 몸의 한 편에 깊숙이 자리잡은 부끄러움이라는 분신을 안고 정신적으로 숨어 살아가고 있다.

"오죽 하면 제가 태어난 곳을 떠나 살겠어요. 뭔가 피치 못할 사연이 있으니 이렇게 먼 데서 살지요. 나이는 먹어 가는데 고국에 가서 묻힐 묘자리라도 있을지 모르겠어요. 너무 부끄럽게 떠나와 다시 고국에 돌아가도 반기는 사람 있겠어요?"

이렇게 자신의 신세를 한탄하는 한인들을 찾기란 어렵지 않다.


나 역시 그런 부끄러움을 간직하고 사는 이들 가운데 한 명이다. 잘못을 저지른 뒤 정직했어야 함에도 그릇된 사명감 때문에 거짓말을 했다. 법적 처벌을 받았지만 그런 결과는 나에게 아무 의미가 없다. 아니 그 뒤부터 나의 부끄러움은 시작되었다. 그 뿐인가… 필설할 수 없는 새털 같은 부끄러움이 앞을 가린다.


'그러나 그렇다고 좌절할 수 만은 없지 않은가? 부끄러운 과거

에 파묻혀 있다고 생활고가 해결되는 건 아니지 않은가? 다시 시작해보자. 이제부터다. 여기서부터이다.'

이건 미국 이주를 결심했을 때 스스로 다진 결의였다.


부끄러움은 많은 동포들의 삶에서 일종의 원죄라고 볼 수 있다. 부끄러움은 이들에게 해외 교민이 될 수밖에 없게 만든 공통된 이유이기 때문이다. 그렇지만 다른 한편으로는 동포들의 그러한 부끄러움은 숨기면 숨길수록 그 자신은 오히려 그만큼 순수해지는 묘약과 같은 거라고 할 수 있다.


과거가 너무 부끄러워 피붙이를 등지고 고국을 떠났고, 타국에 와서도 한인들이 많은 곳에서는 소문날까 두려워 외지를 찾고, 그런 두려움을 삭히느라 더욱 열심을 내어 일하는 한인 동포들.

따지고 보면 해외 동포들에게 부끄러움이란 씻을 수 없는 원상회복 불가능한 깊은 상처이지만, 동시에 이민 생활의 고통과 애로를 극복하는 원동력이라는 두 가지 얼굴을 지닌 불가사의가 아닐까 한다.

# 신앙의 이름으로

우여곡절 끝에 미국에 온 지 벌써 10년을 바라본다. 한국에서 살때 가끔 외국 생활을 동경하기도 했지만 이렇게 수년을 지내게 될줄을 꿈에도 생각 못했다.

먼저 내가 살고 있는 동네를 소개하는 것으로 이야기를 풀어야겠다. 미국에 랭커스터라는 지명은 모두 32개로 기억된다. 그 중에서 내가 살고 있는 펜실베이니아 주 랭키스터는 인구 면에서는 중간급이고 역사적으로는 오래된 도시 가운데 하나이다. 랭커스터 시는 랭커스터 카운티의 수도이기도 하며 인구는 약 6만 정도인데 한국으로 치면 읍도 안 되는 작은 도시이다.

이곳은 미국에서 손꼽히는 관광지이다. 많은 한국분들은 그랜드 캐니언이나 나이아가라 폭포, 세난도우 계곡 등의 자연 관광지를 알고 있지만 랭커스터를 아는 사람은 그리 많지 않다. 이곳이 유명한 이유는 아미쉬(암몬이라는 기독교 지도자를 추종한다는 의미)라는 일종의 신앙 공동체가 살고 있기 때문이다.

독일 스위스 등지에서 약 2백 년 전에 종교 탄압을 피해 이민 온 이들은 이민 당시의 풍습을 거의 그대로 유지하며 살기 때문에 현대인에게는 신선한 충격을 주고 있다.

내가 처음에 이곳을 방문했을 때 "이곳이야 말로 천국이구나"라는 탄성이 나올 정도로 아름다웠다. 그 이유 중 하나는 이곳 아미쉬들은 전기나 자동차, 전화는 물론 현대 문명의 이기를 전혀 사용하지 않기 때문이다. 이들은 말이 끄는 쟁기로 농사를 짓고 마차가 주요 교통수단이며 아이들은 우리가 어린 시절 놀던 외발 자전거 같은 스쿠터를 타며 논다. 남녀노소 화려한 옷을 입지 않고 세탁기도 쓰지 않는다.

현대 문명의 이기가 없는 농촌의 풍경이 얼마나 아름다운지 다음 기회에 사진을 띄우고 싶다. 이런 곳에서 산다고 하니까 친구들은 너도 그럼 전기, 컴퓨터 없이 사냐고 놀렸는데 물론 그렇지 않다. 그런데 이 아미쉬들이 미 전역에 무려 10만을 웃돌고 있고 해마다 증가 추세라고 한다.

이들은 경제적으로도 대부분 중상층 이상으로 부유한 생활을 하며 공동체 의식이 대단하다. 놀라운 것은 이들은 현대 문명에 빠져 있는 우리들을 결코 적대시하거나 거부하지 않는다는 거다. 상대를 인정하지만 자기식으로 살겠다는 거다. 이 동네의 많은 쇼핑몰에는 자동차 주차장 옆에 마차 주차장도 있다. 일부 젊은 층들은 현대 문명을 동경해 가족을 떠나기도 하지만 많은 이들이 다시 오고 있는 추세다.

아미쉬들의 생활을 보면서 진실로 '신앙'이란 무언가 깊이 되짚게 된다. 이들은 현대의 문명이 기독교의 경건을 유지하는 데 좋지 않은 영향을 준다고 믿는다. 자동차 매연은 공기를 오염시키지만 말의 배설물은 좋은 비료가 된다는 것이다. 어떤 이들은 신앙을 이유로 테러를 하고, 또 다른 이들은 신앙의 이름으로 반테러 전쟁을 합리화한다.

독자분은 어떤 신앙을 가지고 계신가요?

# 지상낙원

맑은 공기, 첨단 레포츠 시설, 친절한 주민, 홈메이드 특산품 등 화려한 수사로 보는 이를 유혹하고 있다. 지상낙원까지는 못 가도 그 근처에는 접근했다는 다 알고 속을 만한 애교 섞인 교만이 배어 있다.

내가 사는 아미쉬 고장의 첫 인상이야말로 관광 안내물을 읽기 훨씬 전에부터 지상낙원이었다. 사계절의 경치는 그야말로 한 폭의 그림이다. 텔레비전이나 전화를 사용하지 않는 게 외부인에게는 불편해 보이겠지만 이들에겐 마차, 교회라는 더 인간적인 통신 수단이 있다. 파괴적인 발명에 매몰되기보단 자연의 순리를 따르는 삶의 방식을 선택한 것이다. 이들의 이런 생활 모습은 이내 자연 풍경과 어우러져 방문객에게는 현대인의 일상을 되돌아보게 한는 신선함을 주고 있다. 아미쉬 마을의 경치를 직접 보지 못한 이들은 전봇대와 전깃줄이 없는 시골 풍경이 얼마나 아름다운지 상상하기 쉽지 않으리라. 어쨌든 나는 이런 지상낙원의 '근처'에 산다.

그런데 이런 '지상낙원'의 내부에서 심각한 일들이 소리없이 벌어졌다. 사라지곤 한다는 소식이다. 이곳 언론의 조사에 따르면 아미쉬 마을 내에서 가정 폭력으로 인한 여성들과 아이들의 피해가 갈수록 증가하고 있고, 게다가 마을 종교 지도자들은 이 같은 사태를 해결하기 보다는 외부에 알려지길 꺼려 피해자들을 돌보는 데 소홀하다는 것이다. 은밀한 사회이기에 통계조차 나오지 않지만 언론은 그 사태의 심각성이 여느 사회 못지 않다고 보도하고 있다. 그러니 이제는 이 문제를 보다 공개적으로 논의하고 해결책을 모색하자는 제안이다. 외부인들이 보기엔 적지 않은 충격이다.

어제는 한국 방송에서 교통사고를 당해 기억 상실증에 걸린 외국인 노동자에 대한 심층 보도를 접하고 아내와 나는 울었다. 코리안 드림을 찾아 한국을 찾은 이 20대 젊은이는 수년 전 뜻밖의 교통사고를 당했지만 국적은 물론 연고자조차 찾지 못하다 최근 가족을 상봉하게 되었다는 이야기다. 꿈을 이루긴커녕 자신의 몸조차 제대로 추스르지 못하고 젊음을 모두 이역 땅에 묻은 채 고국행을 기다리고 있는 것이다.

많은 이들이 낙원을 꿈꾼다. 옛날에도 그랬고 지금도 그렇다. 우리보다 못사는 일부 동남아 국가들의 빈촌 주민들에겐 한국이 돈벌이 천국인지 모른다. 그러나 요즈음 그런 천국에 사는 한국인들이 또 다른 천국인 이곳 미국으로 밀입국하려다 적발되는 일이 너무 잦다.

수많은 멕시코인들은 목숨을 내걸고 한 번에 수천 달러를 주고 지상낙원 이곳 미국을 찾는다. 그러나 이 지상낙원은 어떤가? 도대체 알 수 없는 건 지상낙원은 갈수록 그 빗장을 더욱 굳게 닫고 있고 평화보다는 전쟁으로 치닫고 있다. 가난한 노인들은 약값이 비싸 이웃 캐나다로부터 수입해서 병을 치료하고 있다. 의사 천국의 나라에서 의료보험 가입자는 갈수록 줄고 있다. 우리 집도 마찬가지다. 한달에 4백 달러가 넘는 보험료를 감당하기 어려워 보험 혜택 없이 살아온 지 오래다. 지상낙원이 이렇게 살기 어려워지니 이제는 새로운 풍속도가 나온다.

이곳 중류 이하의 은퇴 노인들은 멕시코 등 남미의 저렴한 물가를 찾아 이주하는 사례가 급증하고 있는 것이다. 어찌 보면 지상낙원에서 돈을 벌어 여생을 낙원 아닌 곳에서 보내는 셈이다.

많은 이들이 행복을 위해 파라다이스를 찾아 떠난다. 자유 세계에서 보여지는 노동력의 이동은 자본주의 세계에서는 당연한 현상이라고 할 수 있다. 그러나 우리의 또 다른 조국 북한 주민의 이탈은 그것이 보여 주는 치열함과 불투명함 때문에 우리를 더욱 안타깝게 한다. 도대체 지상낙원 북한에서는 무슨 일이 일어나고 있는 것일까?

# 우리 집 우리 가족

# 물 새는 집

미국에서 와서 구입한 첫 집에 입주한 지 1년이 지난 뒤였나? 안방 천장에 얼룩이 생기더니 점점 커져 갔다. 대수롭지 않게 생각했다. 그런데 비가 온 뒤에는 지하실에서 조금씩 물이 새는 게 아닌가? 시간이 지나면서 조금씩 들던 물방울이 이젠 아예 수도꼭지를 틀어 놓은 듯 거센 물살로 들이치고 있었다.

걱정이 돼 잠을 설치며 서점과 인터넷을 뒤졌다. 집을 소개해 준 복덕방에는 이미 늦었다 싶어 연락을 포기했다. 홈 워런티 회사에 전화를 했다. 며칠 뒤 엔지니어가 왔다. 천장에 물 새는 것은 워런티에 포함이 되지 않는다고 잘라 말한다.

자세히 집 안을 둘러보니 수영장 가장자리에 붙어 있는 타일도 하나 둘씩 떨어지고 있었다. 앞마당의 바닥 벽돌도 한 길이 넘게 갈라지고 있다. 며칠 뒤 또 보니 화장실 안쪽에서도 바닥재가 들고 일어나고 있었다.

'이러다 집 무너지는 것 아니야?'

겁이 덜컥 났다. 몇 군데 전화해 보니 적지 않은 비용이 들 거라고 하며 견적을 뽑아 주겠다고 했다. 며칠 뒤 온 한 업자는 중요한 일이기에 아내가 입회하지 않으면 견적을 뽑아 줄 수 없다나? 그럼 안하겠다고 보냈다.

집 보험을 든 회사에 연락했다. 두 명이 찾아왔다. 지붕에 올라가 보더니 한 움쿰 못을 집어 가지고 내려왔다. 지붕 환기 덮게를 고정하는 못이 빠졌단다. 고치려면 돈이 많이 들 거라며 걱정해 주면서도 보험 커버는 안 된다고 강조한다.

몇 군데 전화를 해보니 수리 비용이 여간 아니다. 할 수 없다. 이 없으면 잇몸으로… 이튿날부터 홈디포(주택 재료 체인점)에 살다시피 하며 전문가들에게 물어보면서 하나 둘 장비를 샀다.

아들의 도움을 받아 지붕에도 세 번이나 올라갔다. 한 번은 사다리를 타다 높이 약 10미터에서 떨어지기도 했다. 다행히 큰 부상은 없었다. 일단 지붕이 새는 것과 지하실 습기 그리고 다락 환기의 기본은 마무리를 했다.

렌트비가 아까워서 내 집을 가져야겠다고 생각한 뒤 낮에는 동네 주변을 돌아다니며 내놓은 집을 뒤졌고, 밤에는 학군 정보와 주택 구입 가격 정보를 수집했다.

그러던 어느 날 내가 첫 번째로 점찍었던 동네의 한 집에 경매 공고가 붙어 있는 걸 발견했다. 절호의 기회라 생각했다. 경매 전 여러 차례 그 집을 방문해 보고 가능한 정보를 낱낱이 수집했다. 내 나이보다 오래된 집이었지만 별다른 하자는 없다는 게 동행한 에이드리언 할아버지의 조심스런 결론이었다.

경매일.

10만 불, 10만 5천 불, 11만 불… 경매 중계인의 선동적인 목소리가 얄미웠다. 10만 불을 상한선으로 잡았는데 그는 나의 형편은 아랑곳 않고 계속 높여 부르는 게 아닌가? 아내가 고개를 가로저었다. 더 이상은 불가능하다는 얼굴이다.

결국 나는 50대 부부에 밀려 이 집을 놓치고 말았다.

미국에 와서 첫 집을 장만하려는 우리의 꿈은 이렇게 허망하게 끝났다.

그 뒤 수개월 동안 새로운 다짐으로 집을 찾아다녔다. 그리고는 지금 이 집을 구했다. 미국에서는 보통 바이어는 부동산 중계료를 내지 않는데 나는 첫 집을 얻은 게 너무 감사해서 중개인에게 적지 않은 복비까지 주면서 지금 집을 어렵사리 구했다.

아내와 이 집을 보던 날 원앙 한 쌍이 뒷마당으로 날아들었다. "이게 바로 우리 집이구나" 탄성을 지르며 그날 바로 계약을 해 버렸다. 1년을 지나고 보니 설계 미비, 싸구려 건축재 사용 등 문제투성이었다. 그 뒤 하나 둘씩 직접 고치면서 이제는 거의 '이론상으로는' 건축 전문가가 다 됐다.

이곳 친구들 가운데 주요 화젯거리가 집수리인 이유를 이제야 알게 됐다. 그래서 교인 가운데 한 사람이라도 집을 장만하면 "홈디포나 로우즈 좋은 일 시키는 사람 또 하나 당첨!"이라고 입을 모은다.

손에 쥔 현금이 적어도 집을 소유하게 해 주는 제도라 좋아했지만 꼭 그런 것만은 아닌 것 같다. 모기지 이자 상환, 집수리 비용 등으로 가성 경제가 좀처럼 펼 날이 없기 때문이다.

# 영어 이름 짓기

아들 녀석과 동네 인근의 이발소에 갔다. 나는 이민 온 뒤론 외모에 신경 쓰지 않는데다(봐 주는 사람도 없으므로) 돈이 아까워 보통 두 달에 한 번 머리를 자르지만 사춘기인 아들은 다르다. 어떤 때는 별로 길지도 않았는데 '스타일'을 위해서라며 이발소를 찾는다.

사실 남성 전용 이발소가 아니라 한국식으로 치면 미장원이다. 수요가 적어서인지 한국식 이발소는 다운타운에서도 찾기 어렵고 이렇게 남자들도 미장원에서 커트를 하는 게 보통이다.

대부분의 소매점에서도 비슷하지만 미장원에 가서도 보통 대기자 명단에 자신의 이름을 기록하는 게 흔한 일이다. 그런데 아들 녀석이 미장원 종업원이 이름을 묻자 "Tom"이라고 하지 않는가?

나는 이발을 마치고 아들에게 정색을 하고 물어보았다. 왜 이름을 바꾸었냐고.

물론 나도 짐작하는 바이지만 미국인들이 아들의 이름을 부르기는 쉽지가 않다. 아니 어려운 정도가 아니라 쉽게 놀림감이 되기도 한다.

아들 이름은 "효정"이다. 남자 아이 이름치고는 너무 약해 보여 나도 별로 좋아하지는 않았지만, 어찌하랴. 효정이가 태어났을 때 당시 친할아버지가 작명소에 가서 쌈지돈을 털어 지어 온 이름이다.

그런데 이 이름은 영어로 지으면서 난관에 부딪혔다. 나는 한국 이름을 미국식으로 한다고 해 별다른 생각 없이 한국식 영어로 "Hyo Jung Yang"이라고 짓고 여권 신청 때도 그대로 기재를 했다.

그런데 모두들 성이 아닌 이름을 부르다 보니 아들의 이름 첫자인 "Hyo"가 자연스레 호칭이 되어 버렸다.

그런데 문제는 여기서 시작됐다. 미국인은 이 단어를 제대로 발음하지 못하는 것이다. 이 이름은 물론 알파벳 가운데 자음과 모음을 조합한 단어이기는 하지만 미국인에게는 표현하기 어려운 단어라는 사실을 깨닫는 데는 오랜 시간이 걸리지 않았다.

하루는 학교에서 돌아온 아이가 화가 잔뜩 나 있어 연유를 물으니 자신의 이름을 "Show"라고 부른다고 했다. 이는 짓궂은 아이들이 아들을 놀리려 그런 것이 아니고 "Hyo"를 제대로 발음하기 어려웠기 때문이다. 더욱이 "Hyo"를, 내가 불러 주길 희망했던 "효"라고 발음할 수 있는 미국 사람은 거의 없다는 사실이 나를 충격에 빠지게 했다.

그 뒤로 내 아들은 사실상 "효"가 아니라 "쇼"가 되어 버렸다. 어떤 경우는 "소"라고 발음하기도 하고, "히오"라고 하는 이도 있었다. 아예 자기 마음대로 "하이오 Whatever"라고 해 내 심사를 뒤틀리게 한 일도 있었다.

그러다 보니 아들은 자신만의 생존 전략 차원에서 이렇게 새 이름을 기분 내키는 대로 짓는 상황까지 와 버린 것이다. 이날처럼 이발소에 가거나 새로 사람을 만났을 때는 자신의 이름에 대한 설명이 귀찮거나 이름 때문에 구설이 되는 걸 막으려 이렇게 이름을 아예 다르게 이야기하는 것이다.

나는 아들에게 이름을 짓게 된 내력을 설명해 주고 나중에 미국 이름을 짓자고 말했지만, 그래도 다른 한편으로 이런 독특한 이름도 있다는 것을 그렇게 창피하게 생각할 필요는 없지 않느냐고 핀잔을 주었다.

그렇지만 나의 이름은 어떤가. 양대석 "Dae Suk Yang." 한국인이 보기엔 보기 쉽고, 알기 쉽고, 발음하기 쉬운 이름이다. 그러나 이 이름이 태평양을 건너게 되면 사태는 확연히 달라졌다.

나의 성인 "Yang"은 이미 많은 중국인들의 덕택으로 몇 번의 교정을 통해 "양"에 근접하게 발음을 한다. 그러나 아직도 많은 이들에게 이 단어는 "이양"이나 "ㅇ"으로 발음하기 일쑤이다.

이름은 어떤가. 이 사람들은 "Dae"를 결코 "대"라고 발음하지 않는다. 그 대신 "다이"나 "더"로 발음한다. 우리 가족의 첫 정착지인 한 아파트의 이웃 할머니는 나를 꼭 "다아"라고 부른다. "다아"나 "더"는 미국 말에서 어처구니 없는 일을 당했을 때 지르는 탄성이다. 그 말이 바로 나의 이름인 것이다.

내가 이 정도였으니 아들의 고통은 어떠했는지 짐작하고 남는다. 이 이름은 사춘기 아들에게 적지 않은 문화적 충격을 주었음이 분명하다. 나아가 자신의 정체성에 대한 고민을 안겨 주었는지도 모른다. 아무튼 이 영어 이름은 나의 영어 실력을 유감없이 발휘해 준 '걸작'으로 남는다. 미국인들이 발음하지 못하게 하는 이름을 짓는 게 결코 나의 의도는 아니었는데 말이다.

미국에 이민을 생각하는 이들은 자신이나 자녀의 영어 이름을 지을 때 심사숙고하고 영어 문화를 이해하는 이들의 조언을 얻으라고 권하고 싶다. 그래서 나와 같은 전철을 밟지 않길 간절히 바라는 바이다.

# 우리 가족의 추석

우리 부모는 10남매를 두었다고 했다. 그러나 지금은 내 위로 형님, 그위로 누나 셋 이렇게 다섯이 남았을 뿐이다. 부모님의 자식 농사는 성공적이라고 결코 말할 수 없다. 아버지는 벌써 돌아가신 지 강산이 변할 세월이 지났다.

세 명의 누나 위로 있었던 손위 형제들은 얼굴도 모르고 시진도 없다. 다만 전쟁 통에, 홍역으로 그리고 알 수 없는 사고로 세상을 떠났다는 후일담만 기억할 뿐이다.

그러나 내가 기억하는 큰 형님이 있다. 아들로서는 장남이었지만 누나들 보단 나이가 어렸다. 이 형은 내가 고등학교 3학년 때 저

세상으로 갔다.

딸 셋 끝에 난 장남인 형은 부모님의 기대에 크게 보답하지 못했나 보다. 아버지와 형이 싸우는 모습은 너무 자주 보았다. 그때는 아버지를 옹호했지만 이제 생각해 보면 형 편을 들었어야 했다는 생각이 든다.

아무튼 형은 반항아 기질이 강했다. 10대에 이미 술과 담배에 손을 댔던 것 같다. 형이 사온 전축과 레코드는 나에게 큰 문화적 충격이었다. 형이 죽던 그날 저녁에도 나는 'Good Bye Yellow Brick Road'를 처음으로 들었다.

식구들이 많았지만 우리 집은 방이 2개 뿐이었다. 그 중 하나는 식구들 방 그리고 다른 하나는 형 혼자 사용하는 방이었다. 장손에 대한 '당연한' 배려였다. 겨울로 막 들어서던 즈음 어머니, 아버지는 장남이 감기라도 걸릴라 연탄을 진작부터 지폈다. 그런데 이튿날 형님은 끝내 깨어나지 못했다.

나는 형님에 대한 질투를 버리겠사오니 형님을 살려 주십사 애원했다. 아직 온기가 가시지 않은 형의 입에 대고 여러 번 내 숨을 내뿜어 보았다. 형의 가슴은 잠시 풍선처럼 부풀어 올랐으나 이내 하릴없이 가라앉았다. 도시 믿기지가 않아 누워 있는 형의 손을 만져 보았다. 몇 시간 전의 온기는 간 데 없고 싸늘한 냉기가 느껴졌다. 피돌기가 멈춰 버린 것이다. 그렇게 형은 우리 곁을 떠났다.

큰누나는 이제 환갑을 바라보는 나이다. 아버지는 지병을 앓고 있어 어머니가 생활을 떠맡다 보니 나는 큰누나의 등에 업혀 자랐다. 중고등학교 시절 나는 이런 큰누나를 은근히 미워했다. 누나가 나를 허구한 날 업고 다녀 교련, 체육 시간에 차려 자세를 해도 무릎이 닿지 않았기 때문이다.

큰누나는 간질병 환자이다. 중고 시절 나는 누나가 거품을 물고 빌작하는 모습을 기의 1주일에 한 번 꼴은 보아야 했다. 낮에는 그래도 참을 수 있었는데 한밤중에 고성을 지르며 발작하는 누나는 너무 무서웠다. 한번은 깨어난 누나에게 발작이 나면 어떤 게 보이냐고 물어보았다. 누나는 "온 세상이 모두 빨강색으로 변해, 방도 창문도 하늘도 모두 시뻘건색으로⋯."

그런 누나를 끔찍이 아끼는 청년이 있었다. 그는 누나의 간질병을 아랑곳하지 않았다. 배가 고파 군대를 자원해 갔다는 그 청년은 마침내 누나를 아내로 맞이 할 수 있었다. 누나는 한참 밑져서 시집간다고 말했다. 매형과 누나는 남매를 두었다. 조카는 아빠를 빼닮았다. 그러나 이들의 행복은 오래가지 못했다. 노가다판을 전전하던 매형은 하루는 험한 작업을 하다 화재가 나는 바람에 하루 아침에 누나는 과부가 되어 버린 것이다.

그 큰누나는 최근까지 동네 쓰레기를 수거해 팔아 밥벌이를 했다. 노년기를 앞둔 누나가 리어커를 끌며 폐품 수집을 하는 모습을 상상하면 가슴이 미어진다. 그런 누나는 우리 식구 가운데 어머니에게 가장 오랫동안 용돈을 주고 있는 걸로 알고 있다. 아들 녀석이 동네의 작은 조직 폭력배에 연루돼 감방살이 하는 아픔을 겪었지만 이제는 맘잡고 직장을 잘 다닌다니 기특하다.

둘째 누나도 혼자이다. 첫사랑에 실패한 뒤 다시 시작한 삶이었으나 아들 하나 놔두고 둘째 매형은 간암으로 세상을 떴다. 누나는 너무 심한 통증을 호소하는 그 모습을 더 보느니 하늘나라로 가 버린 게 오히려 낫다고 나에게 한숨지며 말했다.

막내 누나는 어머니를 모시고 산다. 막내 매형이 신병 때문에 무리한 일을 못해 진작부터 직장 생활을 하고 있다. 자신의 생활도 어려울 텐데 8순 노인을 부양하고 있으니 항상 미안할 따름이다.

공업고등학교를 졸업한 형은 기술직으로 취업해 현재 지방 소도시에서 근무하고 있는데 학력 부족 등으로 큰 승진 기회는 주어지지 않는가 보다.

이번 추석에도 나는 어머니 앞으로 고국 통신판매 회사를 통해 작은 고기 선물 세트를 보내 드렸다. 추석에 맞추어 미리 주문했다. 그런데 통신회사의 업무 착오로 배달이 며칠 늦어져 약속한 날짜에 보내 드리지 못한다고 연락이 왔다. 나는 그러면 안 된다고 약속 날짜에 반드시 배달해 달라고 하고 그렇지 않으면 책임을 지라고 엄포를 놓았다.

며칠 뒤 한국에서 전화가 왔다. 약속 날짜보다는 며칠 늦었지만 다행히 추석 전에 고기를 받게 되었다고 했다. 놀라운 것은 통신판매 회사 측의 업무 착오로 고기를 두 번이나 받았다는 것이다.

오늘은 막내 누나로부터 또 한 번 국제 전화가 왔다.

"네가 보내 준 고기로 식구들이 배가 터지도록 먹고 있어. 우리
만 이렇게 먹어서 미안한데…."

"미안 할 거 없어요. 많이 드시고 모두들 건강하세요."

이번 추석은 다른 어느 중추절보다 풍성한 것 같다. 우리 식구들
이 별다른 어려움 없이 생활하고 있기 때문이다. 미국에 있어 갈
수 없는 나만 빼고라도 우리 식구 모두 모였으면 좋겠다는 바람뿐
이다.

# 이민 생활의 고통

"아내는 오전반, 나는 오후반. 아무런 기술도 없고 자본도 없이 시작했는데 장사가 솔솔 잘 되어가고 있어 하루하루가 그저 즐겁기만 했다. 빚도 조금씩 갚아 가고, 아들 녀석도 학교에서 적응 잘하니 무슨 걱정. 앞으로 내가 하고 싶은 미국 문화 답사 여행기나 빨리 준비해야지."

그날도 이런 생각으로 사세로 자동차를 몰았다.

그러나 가게에 들어선 순간 갑자기 차가운 분위기가 감돌았다. 아내는 목 언저리가 벌게져 나를 보더니 그만 눈물을 글썽이는 게 아닌가?

대낮에 그것도 손님도 몇 명 있었다는데 한 흑인이 들어와 아내의 목을 조르고 실신시킨 뒤 카운터의 돈을 훔쳐 달아났다는 것이다. 아니 어떻게 이런 일이? 그저 신문 방송으로나 접한 다운타운 범죄가 바로 눈앞에서 벌어진 것이다.

다행히 아내는 큰 부상을 입지 않았고, 범인은 수일 내 검거됐다는 경찰의 얘기가 위안이 됐다. 나중에 사진으로 확인한 사실이지만 범인은 가끔 들르는 손님으로 이날은 마약을 복용한 뒤 저지른 범행이란다.

이 사건으로 아내는 상당 기간 정신적 고통에 시달려야 했다. 젊은 흑인을 보면 지레 놀라 몸을 움찔 사리게 된 것도 이때부터였다.

이민 생활의 고통 가운데 하나는 이런 얘기치 못한 범죄의 희생양이 되는 것이다. 교회의 한 장로님도 10여년 전 가게로 침입한 강도의 권총에 발목을 맞아 아직도 걷는 게 불편하다. 좀도둑의 피해를 받고 있다는 한인들의 하소연은 자주 듣는다. 얼마 전에는 우리 가게 근처의 식당에서 일하는 스패니쉬 아이가 새벽에 가게 앞에서 총격전 소리가 들려 겁이 났다고 털어놓는다.

이런 범죄를 당하게 되면 그동안 이뤄 놓은 물질적 기반을 허무는 것은 말할 나위없다. 그러나 더 중요한 것은 정신적 피해이다. 꿈, 행복, 희망, 사랑 이런 것들을 모두 희화화해 버리는, 야만 그 자체인 것이다.

미국에서 벌어지는 수많은 문제는 마약 총기 관련이 대부분이다. 소수민족으로서 이런 자본주의 쓰레기의 희생물이 되는 건 시간 문제일지도 모른다.

　이민 생활의 선배들이 겪은 고통에 비해서는 조족지혈이겠지만 당시 우리 가족에게는 커다란 충격이었다.

　한국 생활이 어려워 해외 이주를 고려하는 이들에게 하고 싶은 말이 있다. 이런 고통을 이길 자신 있으면 이민을 오라고.

거리의 사람들

# 거리의 꽃

타국에서 살다 보면 외국인으로 때로는 좀처럼 이해하기 어려운 광경을 접하고 '내가 아직 이 나라에 뿌리를 내리지 못했나 보다'는 생각을 적잖이 하게 된다.

오늘만 해도 그렇다. 한 여성이 우리 가게를 찾아왔다. 그녀는 내일 모래면 해산할 배부른 임산부였는데 지적인 얼굴(나의 상식선에서 봤을 때)을 지닌 미녀였다. 그녀는 청바지에 배꼽이 다 드러나는 셔츠를 걸치고 있었다. 아니 배꼽 정도가 아니라 배의 3분의 2가 보일 정도였다. 그런 그녀의 눈빛엔 부끄러움이란 전혀 찾아볼 수 없었다. 그녀를 쳐다본 내가 오히려 부끄러웠다.

몇 달 전 우리 가게의 반갑지 않은 손님(동전 교환기에 돈을 넣지 않았으면서도 넣었다고 우기다 탄로 나는 등 나를 괴롭힘)이 만

삭이 된 몸으로 어슬렁거린 적이 있었다.

나는 그녀의 행동거지를 보고 정신적으로 문제가 있는 거라고 단정을 했다. 그녀는 동네 다른 아주머니와 이야기하면서 남산만 한 맨살의 배를, 오늘 본 '지적인 외모'의 그녀보다 더 많이 노출한 채 손으로 두드리면서 여러 사람 앞에서 보란듯이 잡담을 나누고 있었기 때문이다. 이 여성은 영어와 스패니쉬를 능통하게 구사해 나를 놀라게 하기도 했다.

그런데 오늘 또 다른 여성의 그런 모습을 접하고는 이것이야말 로 미국 임산부의 전형적인 행태이거나 아니면 일종의 패션임이 분명하다는 사실을 비로소 깨달았다.

이뿐인가? 얼마전 자동차 상담 전문 라디오 프로에서 한 여성 청 취자는 자신이 아이 셋 딸린 남자와 곧 결혼하게 되는데 괜찮은 자 동차를 추천해 달라는 요지의 상담을 요청한 일이 있다. 그땐 별난 여자라고 그냥 지나쳤다.

그런데 오늘은 6살, 8살의 딸 둘이 있는 약혼자와 결혼을 하게 되는데, 사려는 자동차에서 전 주인이 기르던 강아지 악취를 제거 하는 방법을 가르쳐 달라는 문의 전화이다.

우리는 미국에서 결혼 여부나 나이를 묻는 건 대단한 실례라고 들었다. 그런데 자신이 몇 번째, 누구와 결혼하는지를 스스로 이야기하는 건 결례가 아닌가?

존 트라볼타 주연의 스릴러 영화 '가족 문제'에는 이런 장면이 나온다. 이혼한 주인공 남자는 전 부인이 다른 남자와 재혼하는 식장에 아들이 참석하지 않겠다고 하자, 그럼 내가 갈 테니 너도 참석해야 한다며 자신의 전처 결혼식장에 찾아가 새 남편이 된 남자와 악수를 하며 축하해 준다. '한국적 정서'로는 도대체 수용 못할 이야기다.

미국의 거리를 유심히 살펴보노라면 길가에 별로 어울리지 않는 꽃다발이 널려 있는 걸 지나칠 수 있다. 어떤 꽃들은 나무 십자가와 묶여 있기도 하고, 싱싱함이 오래가라고 콜라병 안에 꽂혀 있는 경우도 있다. 장난감 인형이 같이 있는 모습도 보기 어렵지 않다.

교통사고 등으로 그 자리에서 목숨을 잃은 이의 영혼을 위로하기 위함이란다. 꽃을 놓아 둔 이의 심정은 이해하지만 근처를 매일 지나치는 이들에겐 안타까움이 아닐 수 없다.

'이제 이 정도 시간이 지났으면 유가족이든 친지이든 저 꽃을 놓은 이들이 다시 와서 좀 치워 주었으면' 하는 게 나의 바람이기도 하다.

그렇지만 어떤 이들은 아예 조화 한다발을 심어 놓아 행인들의 가슴을 더욱 아프게 한다. '얼마나 안타까운 죽음이었길래 많은 행인들이 오랫동안 지켜보도록 할까' 하며 공감이 가기도 한다.

건국 초기 며칠간이지만 첫 번째 수도였다는 자부심을 지닌 인구 3만 정도의 작은 도시인 펜실베이니아 주 요크시. 이곳은 가장 번화한 시내 중심가에서 1킬로 미터가 채 떨어지지 않은 도심 한복판에 공동묘지가 들어서 있다. 아니 이 도시 북쪽에서 출퇴근하는 이들에게 묘지는 시내의 관문이다. 이렇게 죽음을 일상과 가까이 두고 있는 점도 외국인인 나에겐 이해하기 어려운 문화이다.

이 도시 중심부에 있는 우리 가게 근처의 한 담벽은 수년 동안 수많은 꽃송이가 사시사철 시들지 않는다. 개울과 작은 다리를 접한 이곳은 인접 초등학교 학생들이 놀다가 빠져 목숨을 잃은 곳이다. 그런데 최근에 또다시 어처구니없는 사건이 발생한 것이다. 지역 언론은 학교 측을 맹비난 하지만 이미 때는 늦었다.

그 뒤 시정부 측은 이곳에 은빛 철조망을 어른 두 길 정도로 높이 쳐 놓았다. 그 정도면 아이들이 사고를 내진 못할 것이다.

만시지탄이나 그나마 이뤄진 사고 방비책이다.

최근 이 철조망에 다시 꽃다발이 걸리기 시작했다. 하나 둘 셋… 그 뒤론 인형도 철조망 사이에 하나 둘 끼워졌다. 이제는 대문을 가릴 정도의 넓이로 조화와 인형들이 덩그러니 철조망을 붙들고 누워 있다. 연말을 맞아 부모들이 먼저 간 자녀들을 그리워하며 내건 것일까?

미국 거리의 가난한 아이들은 이렇게 죽어 가기도 한다. 이 초등학교 옆에는 수십 년 전 교도소가 폐허가 된 채 내버려져 있다. 이 학교 앞도 자동차 수리점이 퇴거한 뒤 돌보는 이 없이 방치돼 있다. 날씨가 차가워지면서 이 학교 입구는 더욱 황량해져 버렸다.

한 해의 이즈음의 밤은 어느 계절보다 더욱 어두운 것 같다.

이 어둠을 뚫고 저 꽃다발과 인형들을 보고 하늘에 있는 천사가 빨리 달려와 이 어린이들의 영혼을 달래 줬으면 싶다. 피워 보지 못한 어린이들의 안타까운 죽음은 어디에 살든 내 평생 받아들이기 어려운 일이다.

# 빌리 할러데이를 꿈꾸는 아이들

그녀는 부모가 원치 않았던 아이였다.

펜실베이니아 주 체스터 홍등가에서 태어난 그녀. 1896년 엄마가 불과 12살에 그녀를 가졌다. 그것도 강간당해 낳은 사생아였다. 10살이 되면서 그녀는 홍등가 뒷골목에서 여장부가 되었다. 먹을거리를 훔치기도 하고 포주와 창녀의 꽁무니를 쫓으며 심부름으로 생세를 이어 갔다. 그러던 그녀는 춤과 노래에 재능을 발견한다. 에텔 워터스. 그녀는 여성 재즈 보컬리스트 사이에서 '우리 모두의 어머니' 라는 극찬을 받는 미국 재즈 가수의 어머니가 됐다.

필라델피아에서 태어나 볼티모어에서 자란 빌리 할러데이.
그녀는 밴조 플레이어였던 아버지와 함께 지내는 게 평생 소원이었다. 부모에게서 버림받은 그녀는 10살 때 수녀들이 운영하는 흑인 고아원으로 보내진다. 그곳에서 언니들로부터 따돌림과 수모를 당했다. 이듬해 이 고아원을 나왔지만 이웃 어른에게 성폭행을 당한다. 그리고는 12살부터 그녀는 사창가의 여자가 되었다.

몸을 팔아서도 생계 유지가 어렵다 보니 그녀는 인근의 선술집에서 노래를 부르기 시작한다.

그녀는 여성 재즈 가수의 여왕이라고 꼽는데 누구도 이의를 달지 않는다고 한다.


가장 미국적 음악으로 미국에서 태어난 음악, 재즈.

이 음악의 발상지는 사실 버림받은 빈민가 사창굴이다. 루이 암스트롱이 그랬고 베니 굿멘이 그렇다. 흑인과 유대인이라는 당시의 태생적 고통을 그들은 새로운 음악 장르로 토해 냈다.

우리 가게를 찾는 고객들 중 많은 이들이 아이들을 데리고 온다. 집에 떼어 놓고 오기에 너무 어린 경우도 있겠지만 빨래방에는 그나마 게임머신도 있고 해서 그리 심심하지 않게 보낼 수 있기 때문이다.

그런 아이들 가운데 나의 관심을 끈 아이들이 적지 않다. 4남매인 아이들이 가끔 오는데 가게 안 통로를 뛰어다니며 놀다가 그것이 지치면 서로 손과 발을 박자로 맞춰 춤을 추며 논다. 이 가운데 여자 아이 둘은 몸놀림이 프로 수준이라 빨래방 손님들 모두를 즐겁게 해 준다.

어린 시절 우리들이 놀던 모습과 별반 다르지 않아 더욱 정겹다. 이 아이들이 내가 유심히 쳐다보면 창피해서인지 춤과 노래를 뚝 그치곤 한다. 그래서 나는 이들의 가무를 즐길 요량으로 세탁기 앞에서 1분 이상 '공연'을 하면 상품을 주겠다고 했다. 그러자 이 아이들이 앞다투어 장끼 자랑을 하지 않는가?

나의 음악 상식으로 봤을 때 이 아이들의 노래나 몸놀림은 보통 이상이다. 부모들에게 이들에게 기회를 주는 게 좋을 것 같다는 나름의 조언을 해보았다.

재즈이든 랩이든 이런 가난한 거리의 아이들이 자신의 슬픔과 기쁨을 표현할 수 있는 기회가 더욱 넓어졌으면 좋겠다. 비록 지금은 빨래방의 고객들을 즐겁게 하지만 머지않아 수준 높은 관객들에게 평가받는 날이 있었으면 하는 바람이다.

해 저무는 빨래방 안에서 나홀로 앉아 빌리 할러데이의 대표곡 가운데 하나인 '고독(Solitude)'을 들으며 이런 생각에 잠겨 보았다.

# 홈리스

    수년 전 북가주 샌프란시코에 있을 때다. 렌트를 구하기 전 나는 몇 주 동안 YMCA에서 운영하는 호스텔에 묵고 있었다. 추수감사절이 지나고 크리스마스를 앞두고 있는 시점이라 사람들은 연말 휴일 분위기에 젖어 있었다.

    언제부턴가 호스텔 앞에 한 남자가 서성이고 있었다. 그러나 행인들에게 돈을 구걸하는 것도 아니고 말을 걸지도 않고 그냥 꼼짝 않고 몇 시간을 서 있다가 사라지곤 했다. 하루는 무슨 영문인지 궁금해 물어보았다. 그는 아무런 답변없이 그냥 물어 주어 고맙다고 하고는 다시 사라졌다.

    크리스마스 날이다. 호스텔 측은 약간의 스프와 스넥을 로비에 두고 마음껏 먹게 했다. 나는 문밖을 나가 그를 찾았다. 마침 그가 있었다. 안에 들어가자고 손을 이끌어 스프와 스넥을 건네주었다. 그는 차가운 손을 녹이며 스프를 들이켰다.

그는 중학교 선생님이었다고 했다. 한쪽 팔이 없었다. 사고로 팔을 잃었으며 그 뒤 교사직도 그만두었다고 했다. 아내하고 헤어지고 아이도 어디에 있는지 모른다고 했다. 일할 형편도 안 된다고 했다. 무엇이든 해야 하지 않겠느냐고 물었지만 그는 내 얼굴만 쳐다보았다.

그러던 그는 대화 도중 동네에서 모임이 있는데 한번 가 보지 않겠느냐고 제안했다. 나는 그러겠다고 했다. 몇 주가 지난 뒤 그가 나를 인도한 곳은 한 가정집이었다. 그곳에는 십여 명의 사람이 모여 있었고 한 사람이 무언가를 발표하고 있었다. 그 내용은 케네디 대통령의 암살과 관련된 자신의 연구 성과였다.

그가 내린 결론은 케네디 대통령의 암살은 세간에 알려진 것과는 달리 무언가 보이지 않는 손에 의한 음모라는 것이다. 이날 모임은 질문과 토론으로 끝났는데 참석자들이 그렇게 진지할 수 없었다.


모임이 끝난 뒤 그 팔없는 홈리스는 나에게 말했다. 이런 류의 모임이 이 동네에 여러 개가 있고 모든 모임에 꼭 참석한다고 했다.

그는 아직 자존심이 있어 구걸하지는 않는다고 했다. 다만 허기를 채워야 하니 교회나 봉사 기관에서 무료로 제공하는 음식을 구해 먹는다고 했다. 그의 잠자리는 길거리다. 나는 그의 삶을 걱정해 주었지만 그는 물질보다는 정신 세계가 가치가 있고 그런 가치가 외면되고 있다고 오히려 세상을 한탄한다. 그는 영기가 서려 있다는 아리조나 주 세도나에 가는 게 꿈이라고 했다. 그 버스비를 마련하기 위해 한쪽 팔이 없는 자신을 일시적으로나마 채용할 고용주를 찾고 있다고 했다.

그 뒤 나는 세도나를 두 번 방문할 기회가 있었는데 자동차를 타고 다니면서도 혹시 팔 없는 그를 볼 수 있지 않을까 해 두리번거리기도 했다. 그러나 나는 그를 다시 만날 수 없었다.


샌프랜시스코에서 만난 다른 젊은 홈리스들은 20대 후반의 남녀였다. 부모의 간섭이 싫어 가출했다는 이들의 부모들은 중산층 이상의 생활을 한다고 했다. 그러나 가정은 지루한 울타리일 뿐이라고 웃음 짓는다. 거리의 생활은 밤이면 다소 불편하지만 자유 그 자체라고 주장한다.

미국 도시의 다운타운을 방문해 보면 수많은 홈리스를 볼 수 있다. 우리 동네에도 평균 서너 명의 홈리스들이 가게 근처를 서성인다. 가게를 인수한 후 수년간 그런 홈리스들은 보통 6개월이나 1년 정도를 주기로 고참은 물러나고 신참이 그 자리를 대신했다.

가게를 오픈하고 만난 첫 홈리스는 육척 장신에 자신의 몸을 가누지 못할 정도의 체구를 지닌 뚱보였다. 처음에는 구걸한 동전을 모아다 지폐로 교환해 달라고 해 아무것도 모르고 바꾸어 주었다가 상습적으로 요구해 와 거절했다. 그에게선 대화를 나누기 민망할 정도의 악취가 풍긴다. 그 친구는 그 뒤 가게 안으로는 들어오지 않는 대신 우리 가게가 입주한 몰에 1년 정도 서성이더니 언제부턴가 모습을 보이지 않았다.

다행이라고 생각했는데 그 뒤를 이번에는 몸이 홀쭉한 홈리스가 대신했다. 그는 스패니쉬와 영어를 모두 구사하는 이중 언어 홈리스다. 대낮부터 술 병을 허리춤에 차고 다니며 행인들에게 시비를 건다. 때로는 이것이 말다툼으로 바뀌어 주먹다짐이 되기도 한다. 그도 얼마 지나지 않아 자취를 감추었다. 그 뒤를 이은 친구가 뉴욕 차이나타운 태생이라는 스티븐이다. 그는 나만 보면 내가 중국인이라고 생각해선지 합장 시늉을 내며 장난을 친다. 어린시절부터  그에겐 차이니즈는 불교도가 대부분이라고 생각했나 보다.

홈리스들이 가장 밀집돼 있다는 샌프란시스코 지역. 이곳에 전국 각지의 홈리스가 몰리고 있다. 샌프란시스코 시정부에서 홈리스들에게 매월 수백 달러의 보조금을 지원한다는 발표가 나서부터다. 이런 지원금이 홈리스의 변화에 어떤 효력이 있을지 잘 모른다. 그러나 홈리스들과 잠시라도 대화를 해보면 그 결과는 회의적이다.

통계에 따르면 남녀 노소 합쳐 홈리스는 미국 전역에서 3백만 명을 웃돈다. 이 가운데 30%는 영구 홈리스이고 나머지는 일시적 홈리스라고 알려져 있다.

홈리스가 되는 원인으로는 정신 질환, 육체 질환, 약물 중독, 노동 의욕 상실, 노동 윤리 상실, 교육 부족 등이 원인이라고 한다.

전미 시장 협의회에 따르면 홈리스들의 유형은 4가지로 나눈다. 마약 알코올 중독자(34%), 정신 질환자(22%), 고용 노동자(20%), 퇴역 군인(11%) 등이다.

미국의 홈리스는 세계적으로는 물론이고 미국 내에서도 그리 주

목을 받지 못한다. 그것은 이들이 세계에서 가장 잘사는 나라의 시민이기 때문이다.

빨래방 이야기

# 권총 세탁해 주세요

나는 빨래방이라고 하는 론드로멧을 운영한다. 나는 이 비즈니스가 구습과 신식이 절묘하게 결합된 첨단 산업이라고 생각한다. 지구촌 어디나 그렇겠지만 빨래야말로 설거지와 함께 가장 하기 싫은 '요람에서 무덤까지' 따라갈 고역이 아닐 수 없다. 한국식으로 보면 '아무리 못살아도 그렇지 집 안에 세탁기 하나 없나' 라고 생각할 수 있으나 미국의 곳곳 시내 저소득층 지역 주민들은 실제로 세탁기를 갖추지 못하고 사는 게 사실이다.

그러나 이들이 그 정도로 가난하냐면, 그것과는 다른 얘기다. 우리 가게 앞에 벤츠나 캐딜락 같은 고급 자동차를 몰고 와 빨래를 하는 고객도 심심치 않게 볼 수 있다. 세탁기를 집에 구비하지 않는 이유는 몇 가지가 있다. 우선 저소득 지역의 대부분의 아파트들은 세탁기와 건조기의 설치를 금지하는 곳이 적지 않다. 그것은 이를 위해선 추가 설비가 들어가게 되고 그러면 렌트비를 올려야 하기 때문이다. 일부 오래된 아파트의 경우는 가스관이 진입을 못해 건조기를 들여 놓을 수 없는 실정이다. 미국인들이 자주 이주하는 습성도 빨래방의 필요성을 높이는 요인이 된다. 이런 저런 연유로 빨래방은 미국에서는 백 년이 넘는 하나의 생활 문화이다.

어떤 고객은 세탁과 건조 시간을 아껴 일을 해야 하기 때문에 빨래방 측에 세탁과 건조 그리고 폴딩(빨래를 개켜 주는 것) 서비스를 요청하기도 한다. 우리 가게도 이 서비스를 한다.

하루는 한 스패니쉬(남미 출신)가 바구니에 빨래거리를 가져와 이 서비스를 요청했다. 이럴 경우 무게를 재고 파운드 당 가격을 메기고 요금은 선불로 받는다. 이날은 아내가 손님을 맞이 했다. 몇 분 뒤였나. 아내가 겁에 질려 날 불렀다. 방금 나간 손님의 세탁물을 들춰 보여 줬다. 아니 저것은?

그것은 기름칠을 한 관리가 잘 된 권총이었다. 게다가 황금빛 총알도 여러 발이 들어 있지 않은가? 한국 군대에서 상관의 권총을 보거나, 미국에서 경찰관의 권총이 벨트 속에 있는 것을 본 적은 있지만 이것은 전혀 다른 종류의 총이었다.

한 손에 쏙 들어오는 권총이었다. 총신도 길지 않아 손이 크지 않은 내가 잡아도 손안에 쏙 들어오는 '귀여운' 권총이었다. 이제 어쩌나. 이 애물단지를 어떻게 하나. 빨래는 여느 손님처럼 한다고 하지만 이 총과 실탄을 그대로 줘야 하나… 시간이 갈수록 고민이 깊어졌다. 생각 끝에 우리 가게에 자주 들르는 에이드리언 할아버지에게 전화를 했다. 그는 우리 동네 사는 85세의 백인 노인으로 은퇴한 전기 기술자인데 우리와는 가족처럼 지내는 분이었다. 그는 놀라 달려왔으나 별다른 묘안을 내놓지 못했다. 다만 이 총과 실탄을 그냥 아무일 없었던 듯 옷 속에 다시 넣어 준다거나 쓰레기통에 버리는 것은 문제가 있다는 의견이었다. 생각 끝에 나는 경찰에 신고하기로 했다. 할아버지도 현재로선 그게 가장 바람직한 선택이라며 경찰서까지 동행해 주었다.

그런데 나를 다시 놀라게 한 것은 경찰의 태도였다. 대수롭지도 않은 일에 법석이냐는 태도가 아닌가. 어쨌든 내가 신고한 뒤 몇 시간이 지나서야 갓 제복을 입은 듯한 경찰이 가게로 왔다. 그는 장갑을 끼고 총 안에 장전된 총알을 하나씩 빼냈다. "길거리에 너무 많은 총이 나돌고 있어요. 너무 걱정 마세요." 경찰관은 나와 할아버지의 놀란 모습에 이렇게 대꾸해 주었다. 하나 둘… 모두 8발의 총알이었다. 그는 이 총과 총알을 비닐봉지에 넣어 가져갔다. 그리고는 약 30분 뒤 다시 찾아와 그 총은 등록이 안 된 무기여서 경찰이 보관할 것이며 만일 손님이 찾아와 총에 대해 물으면 경찰서에 줬다고 말하라고 했다. 그리고는 보관증까지 써 주었다.

이제 문제는 우리 손님이 다시 찾아올 경우 어떻게 대하느냐였다. 그 손님은 자신의 빨래를 7시 이후에 찾아가겠다고 했다. 그 시간은 우리는 퇴근 시간이고 리카르도(우리 가게를 청소하는 멕시코인)가 있을 시간이니 그와 마주치지는 않을 것이다. 그러면 그 뒤는 어떻게 하나….

그 손님이 빨래를 바구니에 담아 가슴에 안고 가게 안을 들어서는 모습이 얼마나 두려웠던지. 등줄에 잠시 한기가 돌았다. "혹 지난번 빨래 속에서 권총을 보지 못했냐?"고 단순히 의문을 제기할까 아니면 단정적으로 "지난번 빨래 바구니에 권총이 있었는데 내놓으라"고 설득조로 나올까? 이도 저도 아니면 또다른 권총을 들이밀며 "지난번 빨래 바구니에 놓았던 권총하고 총알 내놔" 이렇게 협박해 올까? 그가 가게 문에서 카운터로 들어오는 몇 초가 왜 그리 길게 느껴지는지.

그는 나에게 "지난번 세탁을 너무 잘해 주어서 다시 왔노라"고

태연히 말을 건넸다. 그러면서 이번에는 빨래의 무게를 재는 나의 모습을 뚫어지게 지켜보았다. 그것도 거의 사무실 안에까지 들어와서(빨래 저울은 카운터 옆쪽에 있어 손님이 우리가 무게를 재는 것이 미심쩍거나 의문이 생기면 빠끔히 내다볼 수 있다).

지난번에는 왜 당일 찾아간다고 해놓고 왜 다음 날 왔느냐고 물었더니 이번에는 약속을 지키겠노라고 대꾸했다. 이번 빨래에는 권총도 총알도 보이지 않았다. 그리고 그는 그날 오후 세탁된 빨래를 찾아갔다. 아무 일도 없었다는 듯이….

그 뒤 그는 다시는 우리 가게를 찾아 오지 않았다. 아마 자신의 권총과 실탄을 다른 곳에 놓고 잊어버렸다고 생각했는지 모른다. 나에게는 권총에 대해서는 한마디도 묻지 않았기 때문이다. 아니면 빨래 속에 권총이 있었다고 묻기에는 무언가 걸리는 게 있어서인지도 모른다. 그런데 놀라운 것은 경찰도 이 손님을 추적한다거나 하는 기색이 전혀 없었다는 점이다.

나와 아내는 이 손님이 다시는 안 찾아 왔으면 하는 간절한 바람이다. 우리 빨래방은 권총과 실탄을 '세탁'할 시설도 없고 기술도 갖추지 못하고 있기 때문이다.

# 나의 이웃 마이크

가끔 빨래하러 오지만 핀볼 게임에 더욱 열중인 우리 이웃 마이크. 그는 소아마비로 동네 신문 가판을 하는데 40대 후반이다. 이 친구가 하루는 자신을 채용해 달라고 요청했다. 당시 저녁 청소는 힘들고 너무 늦게 끝나 사람을 구하려던 차에 그가 이런 제안을 해 온 것이다. 그날부터 그는 일을 시작하기로 했다. '요령을 피우는 성격'인 것 같아 그렇게 쏙 마음에 들진 않았지만 파트타임 인력 구하는 게 쉬운 일이 아니기에 전격 결정했다.

일을 시작한 지 몇 개월이 지난 어느 날, 하루는 아침에 나와 보니 사무실 안쪽에 서류가 흩어져 있고 사람이 자고 난 흔적이 보였다. 얼마 뒤 마이크가 어슬렁거리며 나타났다. 청소가 끝난 뒤 문을 잠그고 나가려 했는데 자동문이 고장 나 문을 잠그질 못해 할 수 없이 가게에서 잠을 잤다고 했다. 우리 집 전화번호는 아무리 찾아봐도 없다고 했다. 나의 실수였다. 기분 좋은 소식은 아니었으나 가게 문단속을 잘 하느라 가게에서 밤을 지샜다니 고마운 일이었다. 그런데 그는 한술 더 떠 경찰에까지 신고했다고 털어놨다. 자신은 종업원인데 주인집 연락처를 몰라 경찰에 문의를 했다는 게 아닌가? 충성스런 직원인지 아닌지, 좀 심하다고 생각했다. 앞으로는 그러지 말라고 부탁을 거듭했다.

하루는 느지막이 가게에 들렀는데 가게 불은 절반이 꺼져 있고 마이크는 바닥 걸레질을 하고 있었다. 그리고 어떤 여인이 물끄러미 앉아 그가 청소하는 것을 지켜보고 있었다. 안쪽의 카운터를 정리하려는데 마이크가 나에게 다가와 말했다. 그 여인은 자신의 아내라는 것이다. 그녀는 마이크보다 두 배가 넘는 거구의 체격이었다. '소아마비 남편이 혼자서 일하는데 도와주지도 않다니 보기 좋지 않군' 하고 머릿속으로 생각하고 있는데 나에게 대답이라도 하려는 듯 마이크가 말했다. "유방암 말기라서 제대로 일을 못해요."

그 뒤 마이크는 수개월 더 일하고 가게 청소 일을 그만두었다. 그리고는 또 며칠이 지났다. 가게 앞을 지나던 마이크는 나를 보자 그만 울음을 터뜨리고 만다. 아내가 어젯밤 숨을 거두었다는 것이다.

미국에 들어와 신분 문제로 고생하는 한인들 사이에는 "미국 거지도 부럽다"는 농담은 앞에서도 언급한 바 있다. 못살지만 미국 시민이기 때문이라는 웃지 못할 얘기다. 그러나 미국 서민의 실상은 결코 부러움의 대상이 아니다. 세계 최대 자본주의를 비웃는 차별과 빈곤을 대물림하는 어둠의 세상일 뿐인지 모른다.

마이크의 눈물을 접한 지 몇 달이 지난 어느 날이었다. 우리 가게 옆 식당 앞으로 하늘 색 벤이 들어서면서 조수석에 앉은 여인이 운전수에게 정겨운 키스를 하며 내리더니 식당으로 들어섰다. 그런데 운전자는 마이크가 아닌가?

나중에 들은 얘기로는 마이크는 '돈 좀 있는' 혼자 사는 여인을 만나 살고 있으며 그녀의 벤으로 신문 배달하며 생계를 유지하고 있다고 했다. 그리고 우리 가게 근처보다는 총소리 덜 나고 거지가 적은 '좋은' 동네로 이사했다는 것이다.

아내의 죽음을 맞아 붉게 충혈된 눈에 떨어지던 굵은 눈물, 그리고 몇 달 뒤 묘령의 여인과의 진한 키스. 나는 마이크의 이 같은 대조적 모습을 한동안 잊을 수 없을 것이다.

# 빨래방 비즈니스

미국에 와서 얼마 안 돼 내가 세탁소를 차린다고 하니 많은 사람이 의아해했다.

한국에서 대학도 나오고 미국에서도 한인 커뮤니티 언론사에 있다가 왠 뚱딴지 같은 변신이냐는 것이다. 한국의 가족들은 영문도 모른 채 내가 선택한 일이니 반대는 못했지만 못마땅하다는 눈치가 역력했다. '미국에 가서 허구 많은 일 가운데 기껏 찾은 게 빨래라니 한심하구나' 라는 안타까운 한숨을 느낄 수 있었다.

그러나 내가 세탁소를 시작한 것은 전혀 다른 배경에서 시작한다. 변호사, 회계사, 의사 등 전문직은 자격도 없을 뿐 아니라 실력도 없다. 우선 신분 문제를 해결해야 하는 터에 미국 땅 밟은 지 최소한 2~3년은 지나야 하는 여러 가지 제약이 따른다.

신분 문제가 해결된 뒤 상당수는 부동산 중개사라든가 보험 관련 일 같은 사무직으로 나가는 이들도 적지 않다. 그러나 나는 성격상 이런 직업이 어울리지 않을 것 같아 생각조차 하지 않았다.

그보다는 언론사를 차려 보는 게 꿈이었으나 자본도 전혀 없는 상황에서는 제대로 된 언론이 되기 힘들다는 생각에 아예 포기를 했다. 기존 언론사에 재취업하는 것도 하나의 길이지만 40대 중반의 외지인을 선뜻 써 줄 한인 언론사는 없었다.

빨래방 비즈니스는 내가 우연히 선배의 가게를 들렀던 게 계기가 됐다. 음악 대학에서 작곡을 전공한 그 선배는 환갑이 가까운 나이임에도 한인 사회를 위해 노래를 창작하는 열정을 보이고 있어 그 얘기를 취재하려고 갔던 길이었다. 바로 선배가 빨래방을 운영하고 있었다.

선배는 자연스레 빨래방의 운영시스템을 설명해 주었고 나는 자세히 관찰을 했다. 비록 손재주가 없어도 배워 가면 못할 일은 아니라는 생각이 들었다.

그 뒤로 나는 수없이 많은 빨래방을 찾아보았다. 이 빨래방은 주차장이 불편하고 저 빨래방은 기계가 너무 낡았다. 어떤 빨래방은 꽃무늬 벽지가 너무 아름다워 그냥 쉬어 가고 싶은 곳도 있었다. 버지니아의 한 빨래방은 바닷가에 접해 있어 뒷문을 열면 파도 소리를 들을 수 있는 곳도 있었다. 거저 준다는 빨래방도 있지만 백만 불을 훗가하는 빨래방도 있었다.

수개월간의 사전 답사 끝에 찾은 게 지금의 빨래방이다. 주인은 가격을 정확히 이야기 하지 않고 한번 와서 일해 보고 적성에 맞으면 생각해 보라며 1개월간의 시간을 주었다. 나는 시간당 6불씩 받고 일을 하면서 가게를 직접 운영해 보았다. 역시 생각대로 내가 하기에 별다른 어려움은 없어 보였다.

문제는 가격이다. 절충 끝에 24만 불에 구입하기로 했다. 그러나 그만한 돈이 어디 있나? 나는 당시 가지고 있던 돈, 처가에서 빌린 돈, 아내가 비상시 쓰려고 모아 둔 돈 등 모두 긁어모았다. 총 5만 불이었다.

나는 5만 불을 다운 페이하고 나머지 19만 불은 우리말로 치면 전 주인 융자라고 할 수 있는 '오너 파이낸싱' 방식으로 가게를 인수할 수 있었다. 약속대로 상환하지 않을 경우 가게의 소유권을 내준다는 등 엄격한 규정의 계약서를 작성한 것은 물론이다.

주변에서는 비싸게 샀느니 싸게 샀다느니 말이 많았지만, 돈이 없고 비즈니스라고는 처음 해보는 나에겐 그저 감사할 따름이었다.

가게 정문 열쇠와 세탁기 건조기의 돈통 열쇠를 전 주인으로 받았을 때는 눈물이 핑돌 정도였다. 드디어 우리 가족의 가게가 생기는구나. 남들은 가게를 인수하면 이름도 마음껏 바꾼다는데 나는 아직 나의 소유가 아니라는 생각에 그냥 전가게 이름을 그대로 썼다. 다만 그동안 고생한 아내의 이름으로 해야 된다는 생각으로 가게의 실질적 주인은 아내 앞으로 했다.

가게 인수를 시작한 첫날부터 '개혁'에 들어갔다. 그전에 일하던 프에르토리칸 3명을 주인이 바뀌었다며 집에서 쉬라고 했다. 그리고는 주 7일 아침 7시부터 저녁 11시까지 일을 했다. 인건비를 아끼려고 청소도 우리 가족 셋이 직접했다. 가게 쓰레기통 숫자도 절반으로 줄였다. 쓰레기통이 많으면 쓰레기 봉지도 많이 소모되기 때문이다.

기계를 새것처럼 관리하려면 적절한 세탁 용매를 사용해야 한다는 사실도 깨달았다. 많은 실험에 비추어 볼 때 세탁기는 우드오일, 건조기는 윈덱스, 바닥은 파인솔 이런 조합이 청소에 가장 효과적이었다.

이렇게 1년을 보냈다. 예상대로 수입은 갈수록 늘었다. 1년째에는 약속한 오너 파이낸싱 원금 4만불을 갚고도 약간의 돈이 생겼다. 이제는 좀 청소하는 사람을 구해도 되겠다는 생각에 저녁 시간은 파트타임을 구했다. 저녁 1시간 청소하는 이를 구하려는데 쉽지가 않았다. 할 수 없이 저녁 2시간으로 늘려 시간당 6불씩 주기로 하고 스패니쉬를 구했다. 낮에는 레스토랑에서 일하는 그는 우리 가게 손님이었다.

이듬해도 실적이 괜찮아 또다시 약속한 돈의 일부를 갚았다. 그리고 다시 이듬해에도 약속한 잔금을 갚았다. 웬만한 기계 수리는 역시 우리 가게 고객이었다가 친해진 애이드리언 할아버지의 조력을 구했다.

가게를 인수한 지 2년째가 되었다. 주 7일 근무가 힘들어지기 시작했다. 더욱이 아침 일찍 문을 열고 닫아야 하는데 피곤에 지쳐 늦잠을 자는 경우엔 가게에 늦게 도착하기도 했다. 어떤 날은 늦게 나가 손님들이 5명이나 기다린 적도 있다.

안 되겠다 싶어 가게 문을 자동으로 열리게 하는 타이머 도어를 설치하기로 했다. 고급은 설치비를 포함하면 3천 불을 훗가했다. 3백 불짜리를 인터넷으로 찾아 직접 설치해 보기로 했다. 그러나 생각보다 간단하지가 않았다.

에이드리언 할아버지에게 도움을 구했다. 거의 1주일간의 작업 끝에 완성됐다. 2개의 타이머를 설치했다. 하나는 도어와 론드로멧 조명이고 다른 하나는 드라이크리닝 파트이다. 아침 시간이 되면 문이 자동으로 열리면서 론드로멧 파트 조명이 켜진다. 그리고는 뒤를 이어 드라이클리닝과 게임머신 파트에 조명이 들어오도록 했다.

여름에는 조명과 동시에 선풍기도 돌아간다. 어떻게 보면 간단한 설비이지만 우리 가족에겐 그야말로 구세주 같은 기계였다. 이제 더 이상 아침잠을 설칠 필요가 없다. 저녁에는 든든한 아미고가 청소해 주니 이 또한 기쁜 일이었다.

나는 이렇게 기자에서 빨래방 주인(실제로는 매니저)으로 변신했다. 주변의 많은 이들이 추측하는 것과는 달리 이민을 와서 비즈니스하는 건 어쩌면 쉬울 수도 있는 일이다. 지금에 와서 돌이켜보면 몇 가지 교훈을 얻는다.

먼저 어떤 업종이든 장단점이 있음을 숙지해야 한다. 리커스토어나 레스토랑은 운영은 힘들지만 단시일 내에 고수익을 올릴 수 있는 대신 초기 자본이 많이 든다고 한다. 세탁 공장은 수입이 좋은 대신 노동 강도가 높다고 한다. 어떤 비즈니스이든 자신이 선택했으면 주변의 사정과 여건을 고려해 최선을 다해야 한다는 것이다.

둘째는 가능하다면 경쟁이 적은 중소 도시를 선택하는 것도 고려해 봐야 할 점이다. 우리 가족 같이 초기 자본이 적은 경우 대도시에서 할 수 있는 업종은 한정되어 있다. 한인 사회의 규모가 클 경우 경쟁도 심해 생존하기 어려운 경우도 적지 않다. 따라서 여러 가지 여건이 다소 불편하더라도 중소 도시로 이주해 보는 것도 배제하지 말라는 것이다.

셋째, 오너캐리나 은행 융자 등 각종 융자 프로그램을 면밀히 검토해 이를 활용할 필요가 있다. 혹자는 이자나 상환 부담을 걱정하는 이들도 있다. 그러나 자본이 없는 우리 같은 이들에게 그런 기회가 없었다면 평생 사업체를 운영하기는 어려운 노릇이다. 이자

율이나 상환 프로그램도 종류가 다양하여 이에 대한 연구와 공부야말로 자기 사업 보유를 위한 필수 과제가 아닐 수 없다.

우리 가게가 앞으로 어떻게 될지는 아무도 모른다. 다만 하루하루를 성실히 일하고 문제점을 연구하고 비용 절감에 노력하고 궂은 일 마다 않고 개척 정신으로 나아간다면 큰돈은 만지지 못하더라도 도시의 중간층으로 먹고 사는 데 큰 지장 없을 거라고 나는 확신한다.

# 빨래방 종업원의 학력

우리 가게의 법률적 업종은 셀프서비스 빨래업이다. 고객이 빨래감을 가져와 자신이 원하는 세탁기와 건조기를 이용하는 것이다.

사실 미국의 빨래방은 백 년이 넘는 역사를 지닌 사업이다. 워낙 이주가 잦은 국민이다 보니 세탁업이 진작부터 상업화되었다.

헨리폰다가 드물게 악역으로 나와 주목을 끈 'Once Upon a Time In The West'라는 영화에서는 당시 서부 개척 시절부터 중국인들이 상업적으로 빨래를 해 온 것을 보여 주고 있다. 영화에서 잠시 나오지만 중국인들은 카우보이들의 옷에서부터 마구 관련 섬유에 이르기까지 다양한 종류의 빨래를 손과 빨래판 그리고 수동식 짤순이를 이용해 빨고 있었다. 카우보이 시절 서부에는 여성들이 귀했을 뿐 아니라 남자들도 독신들이 많아 귀찮은 빨래를 타인에게 맡기는 게 자연스럽게 비즈니스화된 것이다.

지금은 첨단 기계가 빨래와 건조를 대신하지만 원리는 손빨래와 크게 다르지 않다. 빨래방에서 사실 기계를 관리하는 것과 가게 주변과 기계를 청소하는 일 외에는 사람 품이 별로 들지 않는다. 그야말로 청소 잡일이 전부이다.

그런데 우리 가게에 벌써 대졸 이상이 둘이나 거쳐 갔다.

마리오, 30대 중반의 이 멕시칸 친구는 자국에서 정치학을 전공한 학사이다. 그는 우리 가게에서 6개월 이상이나 일했다. 신분이 불확실했던 그는 수년간 일하던 그의 친구가 우리 가게에서 그만두게 되면서 일하게 됐다.

하루 2~3시간이면 족한 빨래방 잡역으로는 생계 유지가 어려워 그는 낮 시간에는 식당에서 접시닦이를 했다. 2년여가 지났다. 그의 친구의 전언에 따르면 이런 미국 생활은 그에게 무의미하다는 한마디를 남기고 다시 멕시코로 돌아갔다고 한다.

그 뒤를 이은 우리 가게 일꾼은 방글라데시 출신으로 경제학과 영문과를 졸업한 석사 아줌마였다. 미모와 학력을 마다하고 세탁소 청소일을 자청했던 그녀는 조금만 더 일할 시간을 더 달라고 애원하다시피했다. 그녀 역시 신분문제 때문에 학력에 걸맞는 일자리를 찾지 못하고 있었던 것이다. 생계를 이어 가기 위한 어쩔 수 없는 선택이었다.

그러던 어느 날 그녀는 인도에 머물고 있는 남편이 영국으로 이주한다면서 남편을 만나야 한다며 미국을 떠났다.

그녀의 친척에 따르면 그녀는 아메리칸드림을 포기한 뒤 영국에서 여행 관계업에 종사하는 남편과 재회해 남부럽지 않은 생활을 하고 있다고 한다.

고학력자의 실업이 본국에서도 큰 사회문제로 떠오른 지 오래다. 이는 고학력 이민자들이 쏟아져 들어와 언어 장벽과 신분 문제 등으로 하향 취업하는 미국 이민 사회의 추세와도 무관치 않은 것 같다.

사실 우리 가게 실질 오너인 아내와 사실상의 메니저인 나도 한국 대학 졸업 학력이니 우리도 하향 취업했다고 볼 수 있다.

그러나 여느 이민 1세대와 마찬가지로 자녀들은 고학력 전문 분야로 진출하길 기대하며 잡일도 마다하지 않는다.

자신의 경력이나 학력에 파묻혀 육체적 고생을 기피한다면 이민 생활의 하루하루는 고통일 뿐이다. 그러나 자신의 여건과 처지를 제대로 평가하고 대처해 나간다면 이민 생활은 하루하루가 미지의 세계를 배워 나가는 탐험의 길이 될 수도 있다.

주변에서 한국에서 잘 나가다가 이민 와서 학력, 경력의 자존심 버리지 못하고 실패해 회한의 나날을 보내는 이들을 자주 보게 된다. 정말 안타까울 따름이다.

# 주크박스

단골 고객인 한 흑인 여성이 씩씩거리며 나를 불렀다.

"주크박스에 미국 노래는 하나도 없잖아요. 모두 스패니쉬뿐인데 이래도 되는 거예요?"

"그럴 리가 없을 텐데요. 디스크 몇 장은 있는 걸로 알고 있는데."

"아니에요. 한 장도 없어요. 한 장도. 나아다(스패니쉬로 아무것도 없다는 뜻. 영어의 Nothing)."

얼굴을 붉히며 금새 싸움이라고 할 태세다. 다음번에 관리인이 오면 랩 음악 디스크를 넣어 주겠다는 나의 다짐을 받은 다음에야 다소 화를 푸는 듯했다.

우리 가게에는 주크박스가 있다. 15분 간격으로 공짜 음악이 나오고 손님이 원하는 곡을 들으려면 1달러를 넣으면 노래 3곡이 나오는 음악 밴딩머신이다.

이 기계는 우리 가게 단골 고객 가운데 한 사람인 도미니카공화국 태생 젊은이가 제안한 데서 시작됐다. 괜찮은 아이디어인 것 같아 내가 직접 기계를 살려고도 했지만 비싼 기계값에 엄두를 못내던 참이었다.

그는 수입금을 절반으로 하는 조건으로 일사천리로 일을 진행했다.

주크박스가 들어서자 이 근처로 손님이 몰렸다. 댄스뮤직 절반, 랩송과 블루스를 합쳐 절반 정도 되나 보다. 그런데 이 기계 주인이 스패니쉬이다 보니 미국 음악보다는 스패니쉬 음악으로 메뉴를 장식했다.

그러자 흑인 고객들 사이에서 불평이 여간 아니다. 흑인들은 랩에 거의 열광적일 정도다.

주크박스가 들어오기 전 우리는 클래식 음악을 들려주었다. 그때 한 흑인 여성은 그건 음악이 아니라고 강변하기도 했다.

어쨌든 나는 주크박스 주인에게 요청했다. 그 뒤 몇개의 디스크가 랩송으로 바뀌었다. 흑인들의 불평도 어느새 사라졌다.

그런데 이번엔 백인 청년이 아우성이다. 팝송과 하드락이 없다는 하소연이다. 그는 나는 생전 들어 보지도 못한 노래 제목과 가수를 메모해 주며 이 음악이 들어간 앨범을 구입해 달라고 요구했다.

주크박스가 들어오면서 가장 큰 반발은 아내와 오르가니스트 할아버지로부터 나왔다.

아내는 손님들이 음악을 너무 크게 틀어 놓는 바람에 다른 사람에게 피해를 주고 있다고 불평을 했다.

40년간 오르간을 연주한 동네 할아버지. 그는 우리 가게에서 들려주는 클래식 음악을 좋아하는 또 다른 단골 고객이다. 그는 주크박스를 놓는 게 좋은 생각이 아니라고 강조했다. 그러나 어쩌겠는가? 벌써 기계 주인과 리스 계약을 마친 뒤여서 되돌릴 수도 없는일이다.

이런 저런 호불호에도 불구하고 주크박스는 우리 빨래방의 명물로 자리잡고 있어서 여간 다행이 아니다. 특히 접시닦이, 공사판막노동 등이 주요 직업인 이들에게 빨래하는 시간이라도 고향 생각을 하며 노래를 들을 수 있는 공간을 만들어 주었다는 데 나는보람까지 느끼고 있다.

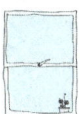

# 여러 나라 사람들

# 아미쉬가 말하는 아미쉬 생활

다민족 국가인 미국은 온갖 민족이 서로 다른 문화와 관습을 유지하고 있지만 이 가운데 아미쉬들만큼 관심을 모으는 공동체도 드물다.

랭커스터 카운티의 경우 매년 2만 명이 관광을 온다고 했을 때 아미쉬 한 사람이 매년 수백 명의 관광객을 접한다는 재미있는 통계도 있다.

그만큼 아미쉬의 존재는 하나의 불가사의다. 그것은 이들이 문명의 이기를 전혀 사용하지 않은 채 수백 년 전의 삶을 고스란히 유지하면서도 현대 사회에서 생존하고 있기 때문이다.

나는 아미쉬들의 존재 자체가 우리에게 하나의 희망을 주는 역사적 유산이라고 믿는다.

아미쉬들의 생활을 이해하는 한 방법으로 지난 1968년부터 발행되고 있는 월간지인 '패밀리 라이프(Family Life)'를 읽어 보면 잘 알 수 있다.

이 패밀리 라이프의 내용을 발췌 정리해 책으로 엮은 '아미쉬들 자신이 말하는 아미쉬' 가운데 일부를 소개한다.


아미쉬가 된다는 것

어느 날 관광객 52명이 아미쉬 마을을 찾았다. 이들 가운데 한 사람이 아미쉬에게 물었다.

"우리는 모두 교회에 다닙니다. 그래서 우리는 예수에 대해 압니다. 그런데 아미쉬가 된다는 것은 무얼 의미하는지요?"

아미쉬인 한 사람이 잠시 생각한 뒤 말문을 열었다.

"여러분 댁에 텔리비전을 가지고 있는 분은 몇이나 되시나요?"

52명의 관광객 모두 손을 들었다.

"그럼 여러분 가운데 텔리비전이 없으면 좋겠다고 생각하시는 분은 몇이나 되시나요?"

역시 관광객 모두가 손을 치켜들었다.

"좋습니다. 자 이제 여러분들이 집으로 돌아가시면 텔리비전을 바로 치우겠다는 분은 손을 들어 보세요."

그러나 이 질문에는 단 한 사람도 손을 들지 않았다.

바로 그겁니다. 우리는 신앙적으로 보았을 때 옳지 않다고 믿거나 경험했을 때 우리는 이를 실천하려고 합니다. 세상의 많은 이들은 이런 것을 제대로 모릅니다.

## 자동차와 여행시간

"어떤 이들은 이렇게 생각할 수 있다. 자동차로 가면 몇 분이면 갈 거리를 아미쉬들은 몇 시간을 걸려 마차를 타고 간다. 그러니 자동차를 타고 목적지까지 빨리 오간다면 집에서 가족들과 보낼 시간이 더욱 많지 않느냐고 말이다. 그러나 언뜻 보면 그럴 듯하게 들리지만 사실은 그렇지 않다.

사실 자동차를 이용하면 이곳에서 저곳으로 이동하는 데 걸리는 시간이 마차에 비해 훨씬 짧다.

그러나 자세히 살펴보면 그렇지도 않다. 자동차로 이동하는 시간이 이렇게 짧다 보니 사람들은 짧은 거리도 자동차를 이용하고 그럴 필요가 없는데도 너무 자주 자동차를 이용한다.

그뿐인가? 예전에는 5마일도 멀다고 여겼는데 지금은 50마일도 먼

거리로 생각하지 않고 다닌다.

결국엔 자동차에서 보내는 시간과 거리에서 소비하는 시간이 갈수록 늘어나는 것이다."

# 결혼

결혼은 아미쉬들에게 가장 신성한 행사이다. 그것은 가장 즐거운 행사이며 가장 진지한 행사이며 가장 신성한 행위이다.

결혼은 일생에서 가장 기쁜 행위이다. 결혼은 남녀가 평생의 약속을 맺는다는 점에서 가장 진지한 행위이다. 그리고 결혼은 신랑인 예수와 신부인 교회가 하나됨과 같이 신성한 것이다.

랭커스터의 결혼은 가을에서 크리스마스까지 계속된다. 신혼부부는 결혼 뒤 겨울 내내 친척을 방문하는 여행을 다닌다. 이들은 친척들 집에서 신혼의 밤을 보내면서 그들로부터 결혼과 가족 부양 등에 관한 아미쉬 전통을 배운다.

아미쉬들이 결혼을 신성시하고 이를 일상생활에서 실천하지 않았다면 생존하지 못했을 것이다.

이들은 화해야말로 부부간의 갈등을 해소하는 가장 중요한 길이라고 믿는다. 재혼은 결코 대안이 될 수 없다. 아무리 해도 화해되지 않는 경우 아미쉬 교회가 제안하는 마지막 길은 별거이다. 재혼은 절대 용납을 하지 않는다.

## 여러 나라 사람들

가게 근처의 쇼핑몰에 들렀다. 몰 안에 자리잡은 월마트에서 자동차 오일 교환을 부탁하고 내부의 다른 상점들을 둘러보았다. 호감이 가는 동양인이 눈에 띄었다.

중국산 잡화를 파는 50대 여인이었다. 티벳에서 4년 전에 왔다고 한다. 딸은 스위스에, 아들은 독일에 떨쳐 놓고 혈혈단신으로 건너왔다고 한다. 달라이 라마를 숭배하는 그녀는 현재 망명 신청 중에 있다고 한다. 운전을 못할 뿐더러 자동차도 없어 같은 티벳인이 오전에 데려다 주고 오후에 픽업한단다. 벌이가 시원치 않아 자신도 올해 말이면 이 직업도 잃게 된다고 한숨을 짓는다. "정 어려우면 우리 세탁소에서 한번 일해보면 어떨까요"라는 자신없는 말을 건네며 헤어졌다.

우리 가게에 놓여 있는 전화 카드 자판기 주인은 독일계 여성이다. 안정된 생활을 하는 중년 부인인 그녀는 내년이면 은퇴하고 플로리다로 이사 간다. 그전까지 우리 동네 주변에 설치해 놓은 자판기를 처분을 한다고 한다. 나에게도 종용은 하지만 요구하는 가격이 시세보다 높고 인기도 핸드폰에 밀려 하향세라 한 번 생각해 보았다가 포기했다. 그보다는 오히려 그녀가 몰고 다니는 98년형 캐딜락이 맘에 들어 의중을 떠보았지만 1년은 더 타야 한다며 난색을 한다.

한국인(이곳에서는 남한인)인 나는 미국에서 살면서 베트남 출신 드라이크리닝 가게와 거래한다. 오늘 점심은 차이니즈가 서비스로 대접해서 잘 먹고, 캄보디아인에게 눈 치우는 일을 부탁했다. 그뿐인가. 실론에서 불법 이민을 와 영주권을 받은 젊은이의 빨래를 세탁해 주었고, 파키스탄에서 온 레스토랑 허드렛일하는 친구가 소개해 줘 우리 가게에서 잠시 일한 적 있는, 지금은 영국에 가 있는 그의 사촌 소식도 접했다.

민족의 용광로라는 말을 굳이 들 것도 없이 이곳은 정말 많은 민족이 섞여 산다. 모두 고상한 것을 추구하는지는 몰라도 자본주의라는 틀에서 생계를 잇고 자손을 이어 가고 있는 것이다.

서울 중구 산림동에서 살던 어린 시절 나는 왕이쿠이라는 중국

교포와 친하게 지냈다. 그러나 주변의 어른들이 '떼놈'이라며 상종하지 말라는 경고를 여러 번 했다. 동네에 놀러 온 백인 여자 아이에게 우리 또래들은 '아이노꼬'라고 얼마나 놀려댔던가?

우리는 단일민족 국가임을 자랑으로 여기라고 배웠다. 과연 그럴까? 단일민족국은 하나의 특징인지는 몰라도 결코 우월감을 가질 만한 것은 아니라고 본다. 여러 민족이라도 서로를 인정하면서 공동선을 추구한다면, 그것은 같은 민족이면서 당파와 출신, 학벌, 지연으로 나뉘어 분쟁을 벌이는 것보다 생산적이라고 믿는다.

최근 중동문제의 심각함을 시민 차원에서 화해해 보자는 운동이 소리없이 의미 있는 반향을 보이고 있다고 한다. 그것은 유대인과 팔레스타인 가족들이 서로 돌아가며 한 가정의 거실에서 서로의 생각을 허심탄회하게 털어놓는 모임이다. 시작한 지 1년도 안 돼 벌써 미 전역에 1천여 명이 참여하고 있다는 얘기다.

호전적인 현 미행정부의 행태 그리고 분열과 갈등으로 내홍을 겪는 한국의 소식을 접하면서 잠시 생각해 보았다.

# 여러 나라 사람들2

대략 9년만에 조국을 다녀왔다. 인천 공항에는 한밤중에 떨어져 제대로 주변을 보지 못했다. 나를 집까지 안내한 친척이 한국 야경 보여 주겠다며 한강 다리 몇 개를 휘돌아 지났다. 형형색색 야경이 서울의 중흥을 밝히는 듯했다.

이튿날 아침 출근 시간 무렵 아파트촌을 둘러본 나는 깜짝 놀랐다. '아니 한국 사람이 이렇게 많을수가.' 너무 어처구니 없는 놀라움이라고 비웃을지 몰라도 나의 첫 소감은 바로 그것이었다.

나는 미국에서 한국인들은 거의 살지 않는 중소 도시에 산다. 우리 동네는 수치로는 백인이 8할을 웃도는 전형적 미국 도시이지만 내가 늘상 접하는 이들은 백인과 소수민족이 절반 정도이다.

동양 사람으로 빨래방 주인인 나는 수많은 나라에서 온 많은 고객들을 보며 여러 생각을 하게 된다.

어떻게 저 사람은 금색 머리가 저리 아름다운가? 저 흑인 아이는 어쩌면 저리 피부가 매끄러운가? 저 젊은이는 내가 보던 한국 사람인데 중국말에 저리 능숙할까?

한국인으로 한국인의 시각으로 나는 여러 인종을 여러 가지 잣대로 재어 보게 된다. '멕시코인은 대체로 키가 작고 말을 빨리하고 따뜻한 마음을 가지고 있다'든지 '도미니카공화국 여성은 자유분방한 성격에 시원한 눈매를 가지고 있다'든지 '이태리 여성은 외모는 괜찮은데 너무 시끄럽게 말을 한다'든지. 나는 이렇게 나의 체험에 따라 그 나라나 민족의 특성을 규정하기도 한다.

한 캄보디아 아주머니는 빨래를 기다리며 한국으로 치면 김밥말이 같은 음식을 맛있게 먹는다. 그 아주머니는 호기심 어린 눈으로 쳐다보는 내게 절반을 잘라 준다. 양념한 밥을 바나나 껍질로 말아 만든 음식이었다. 이런 행동은 한국 여느 아줌마와 뭐가 다른가? 그런데 캄보디아인이 그러니 나는 다소 놀랐다.

우리 가게에서 일하던 멕시칸 리카르도는 하루는 고추 절임을 가져와 먹어 보라고 했다. 매운 것을 좋아한다고 했던 내 말을 기억해 놓았다 쌈짓돈 털어 나에게 선물을 한 것이다. 거절하기도 멋적어 받아 들긴 했는데 달고 고통스러울 정도로 매운 맛을 감당할 수 없어 냉장고에 보관하다 버린 적이 있다.

캄보디아인이나 멕시칸의 이런 따뜻한 나눔의 문화는 한국의 정서와 크게 다르지 않다고 본다. 이런 것이야말로 동양인들의 독특한 나눔의 문화라고 믿는다. 그러나 그것은 일회적이고 자기희생적이라고 할 수 있다.

서양적 나눔은 어떤가. 그것은 고도로 절제된 그러나 지속적인 나눔이 아닌가 한다. 독일계 미국인인 테오돌 허젤 할아버지는 은퇴한 오르간 연주자다. 그는 벌써 3년째 타임지를 우리 가게에 '배달'하고 있다. 놀라운 사실은 지난 3년 동안 단 한 주도 빠지지 않고 자신이 구독하는 타임지를 우리 가게에 놓고 간다는 사실이다. 그는 처음에는 빨래방 의자에다가 놓았었다. 얼마 뒤 주인이 그것을 수거해 열심히 숙독하는 모습을 보더니 그는 그 뒤부터는 가게의 카운터 밑틈으로 잡지를 들이밀어 넣고 가는 것이 아닌가?

영국계인 에이드리언 할아버지는 우리 가게에는 정기적으로 찾아와 도움을 주는 고객이자 고문이다. 그의 우리 가게에 대한 애정은 주인은 나보다 더하다. 그것은 그가 스스로 출입문 타이머를 달았을 뿐 아니라 그의 손으로 수많은 기계를 고쳤기 때문이다.

그는 내가 드리는 감사 표시의 돈 봉투를 결코 받지 않으셨다. 사정을 해 겨우 드리면 아들 녀석에게 선물을 사 주곤 했다.


많은 흑인들은 기분파인 것 같다. 우체부 엔디는 한 번 외상으로 세탁을 해 주니 그 뒤부터는 우리보다 품질도 좋고 빨리 해 주는 다른 곳으로 가지 않는 것 같다. 믿어 주고 외상도 마다 않는 우리 가게가 마음 편하다며 자주 찾는다.

역시 흑인 단골 고객인 크리프턴 가드너 씨는 한 번 찾아오면 십여 벌의 옷을 그냥 내던지고 가 버린다. 믿고 맡기고 가격은 내 마음대로 붙이란다. 그만큼 호방하고 유쾌하다.

적지 않은 베트남인들이 조금 우울해 보이는 건 나만의 편견일까? 세탁 도매를 해 주는 미스터 리는 이민 생활 10여 년이고 생활도 안정권으로 들어섰는데도 어쩐지 항상 무언가 걱정거리가 많은 얼굴이다. 우리 가게에 자주 오는 덩풍이란 이름의 베트남인 역시 그랬다.


여러 나라 사람들이 우리 가게를 찾는다. 나는 처음에는 이런 다양함에 놀랐다. 그리고 이들이 서로 미국 땅에서 영어를 공용어로 쓰며 어울려 산다는 자체가 신기로울 따름이었다.

오늘은 빨강 머리 남미 여인이 나를 유혹하듯 불러 가슴이 울렁 거렸다. 조금 지나니 흑인 여인이 소형 비누를 사고 15센트를 팁으로 주며 내가 주는 이 돈은 마력을 지니고 있어 1천 5백만 달러가 될 것이라는 농을 건넸다. 은발의 독일계 여성이 볼펜을 빌려 달라고 해 그냥 가지라고 하자 진한 윙크를 해 기분이 나쁘지 않았다.

이런 갖가지 색깔, 언어, 문화에 섞여 살다가 얼마전 지하철과 아파트촌에서 수많은 한국 사람들만이 오가는 모습을 9년만에 보게 되니 어찌 충격이 아니겠는가?

# 미국 속의 다른 나라

최근 캐나다 국경을 자주 넘나드는 미국인들을 상대로 여권 소지를 의무화하겠다는 미 정부의 발표가 나왔다. 국경 안전 강화를 위한 조치라는 것이다.

지금까지 미국 시민권자들은 캐나다, 멕시코, 그리고 카리브해 일원 국가를 다녀올 때 운전면허증이나 정부 발급 신분증만 제시하는 것으로 통과가 가능했다. 그리고 캐나다 국민 역시 운전면허증만 제시하면 미국으로 들어올 수 있었다. 그러나 이제는 여권이 없으면 이들 국경 출입은 불가능해진다. 그만큼 그동안은 이들 국가와 미국은 나라의 경계가 모호할 정도로 빈번한 왕래가 잦았다. 그러나 앞으로는 달라진다. 사실 미국민 가운데 여권을 소지한 이들은 30%도 채 안 된다. 그만큼 미국민은 다른 나라를 여행하기

보다는 미국 내에서 만족하면서 사는 듯싶다.

미국인이라고 했을 때 이를 법률적으로 정의하기는 어렵지 않지만 문화적 역사적 배경을 따져 보면 그리 간단치 않다.

미국민 가운데 많은 이들은 자신들의 조상이 물려 준 전통을 이어 가기 위해 안간 힘을 쏟고 있다. 미국 내에서 어떤 도시들은 이국의 정취를 느낄 수 있는 곳이 적지 않다.

캘리포니아 주 솔뱅 — 덴마크
아이오와 주 펠라 — 네덜란드
미주리 주 세인트 제네브에브 — 프랑스
미주리 주 허만 — 독일
뉴멕시코 주 메실라 — 스패니쉬
알라스카 주 피터스버그 — 노르웨이
캔사스 주 린드보그 — 스웨덴
위스컨신 주 뉴글래러스 — 스위스

이런 도시들이 그렇다.

솔뱅이란 덴마크어로 '양지'라는 뜻이다. 이 도시는 1911년 덴마크 교육자들이 9천 에이커를 구입하면서 시작됐다. 이들은 덴마크 민속 학교를 설립하고 몇 년 뒤 아터다크 대학을 설립했다. 이 대학은 지금 없지만 그 정신은 이어지고 있다. 지난 1936년에는 솔뱅 설립 25주년을 기념해 덴마크 왕과 왕비가 방문해 덴마크의 날을 제정했다고 한다.

펠라는 1847년 8백 명의 네덜란드 이민자가 설립했다. 펠라는 네덜란드말로 '안식처'라는 뜻이라고 한다. 매년 5월 첫 주는 모국 네덜란드를 생각하며 튜울립 축제를 연다. 이 동네의 운하나 풍차 그리고 건물들이 모두 1850년 대 네덜란드식이다.

세인트 제네브에브는 세인트 루이스에서 1시간 남쪽에 위치해 있으며 1735년 설립됐다. 전통 프랑스 건축물이 유명하다.

허만은 1837년 필라델피아에서 독일식 풍습이 사라지고 타지인과 동화되는 데 반발해 '철저히 독일적인 도시'를 만들자는 생각에서 출발한 도시다. 독일 공동체의 선발 대장 교사 조지 바이어는 독일 라인강을 염두에 두고 이곳을 선택한 것으로 알려져 있다.

그 뒤 이들은 미주리강 인근에서 가장 가파르고 험준한 산기슭 1만 1천 에이커 구입했다. 그러나 일부 이주자들은 직접 와 보고는 땅이 험준한 데 분노했다고 한다. 현재도 당시의 땅 면적은 수직으로 잰 것 같다는 이야기가 통할 정도로 척박했다고 한다.

그 후 이주해 온 독일인들은 자연환경을 활용해 포도를 재배하는 데 성공해 포도주의 산지로 개발했다. 그러나 1차세계대전을 거치며 반독일 감정이 강화되고 대공황을 겪자 이 도시는 침체하기 시작한다. 현재 150여 빌딩이 역사 유물로 등록되어 있고 독일을 기억하려 괴테, 모차르트, 쉴러가 거리명으로 남아 있다.


메실라는 1800년 대 스패니쉬와 멕시칸의 쉼터로 시작해 1850년경 정착지로 자리잡았다. 멕시코 전쟁 뒤 미국과 멕시코 모두 무인 지대로 주장했으나 1854년 갯슨 협약으로 미국 땅으로 정착된다. 그럼에도 스패니쉬 문화는 고스란히 보존되었다.

서부와 북부로 이어지는 교통 중심지로 발전해 남북 전쟁 당시 남부군의 본부가 있다가 그 뒤 상업 및 교통 중심지로 다시 부상한다. 그러나 철도가 인근 라스크루세즈로 이동하면서 메실라의 입지도 급격히 하락했다. 플라자는 메실라의 문화 역사의 중심지이다.

'알라스카의 작은 노르웨이'로 알려진 피터스버그는 첫 노르웨이 어부들이 1890년에서 1900년에 정착하면서 시작됐다.

40여년간 작은 노르웨이 페스티발 열리고 노르웨이 제헌절인 5월 17일이 최대 축일이다.


린드보그는 1869년 1백 명의 스웨덴 수네모와 베름란트 지역 출신 파이오니어들이 미래의 농경지를 꿈꾸며 이주하면서 도시가 세워졌다.

개신교와 음악 사랑으로 뭉쳐 있는 이들은 주로 공예가, 교육자, 음악가 등 다양한 재능을 지닌 인물이 도시의 첫 기획자들이어서 이런 전통을 지금껏 잇고 있다고 한다.


뉴글래러스는 스위스 본토의 글래러스 알파인 농장과 흡사하게 세워졌다.

1845년 스위스의 경제 위기로 글래러스를 떠난 스위스인들 108명의 개척자들이 정착해 도시가 세워졌다.

이곳은 아직도 스위스의 언어 풍습, 전통 음악을 간직하고 있으며 관광객들은 스위스 산장에서 머물며 스위스 음식과 폴카춤을 즐길 수 있다.

이들 전통도시들의 특징은 한결같이 각국의 전통문화를 체험하는 현장으로 자리잡고 있다는 점이다. 아울러 이들 도시는 미국에서 많은 이들이 찾는 예술 문화도시로서 사랑받고 있다는 사실이다. 이들 도시들은 미국에 동화되지 않으면서도 미국인의 사랑을 받는 독특한 공동체를 수백 년간 이어오고 있는 것이다.

최근 로스엔젤레스 한인 타운에 한인 공동체를 상징하는 '다울정'이라는 소슬대문이 들어섰다. 도산 안창호 우체국에 이어 한인 사회의 영향력을 보이는 경사가 아닐 수 없다.

한인들이 미국에 본격적으로 정착한 지 백 년이 넘었지만 그동안 흩어져 있어 정체성을 발휘하지는 못했던 것 같다. 이번 다울정 건립을 계기로 동포들은 많은 것을 기대하고 있다. 나도 하나 덧붙이자면 한인 타운에 우리 전통문화 유산을 제대로 체험할 수 있는 공간이 마련되었으면 하는 바람이다.

우리 민족 고유의 전통 춤, 전통 노래, 고미술 등 우리의 귀한 문화유산의 진수를 이곳 한인 타운에서 맛볼 수 있기를 기대한다. 한국민의 우수성과 한국 예술의 부드러움을 이제 이역 미국 땅에 씨를 뿌릴 때이다. 우리 나라 사람들이 캘리포니아 주에 '뉴서울' 시를 만들게 될지 누가 아는가? 시작이 절반 아니겠는가?

# 빨래방 구입하기

나는 지금의 빨래방을 한국 돈으로 치면 약 2억 5천만 원에 구입했다.

비즈니스라고는 평생 해본 적이 없는 내가 이런 거액의 업체를 살 수 있었던 데는 '사회적 여건' 외에 '행운'도 뒤따른 때문이었다.

우선 나는 매입가 전액의 현찰이 없었다. 당시는 은행으로부터 대출을 받기에는 신용도 거의 없었다.

당시 나는 한국 평촌 신도시 출범 당시 주민등록번호로 추첨해 당첨된 아파트 한 채가 있어 전세를 주고 있었다. 우리 가족 최대 유일의 재산이었다.

그런데 내가 빨래방을 사려고 한 무렵 집 값은 물론이고 전세금

이 하늘 모르고 치솟고 있었다. 이즈음 전세를 갱신해야 하는 상황인데 복덕방 이야기로는 2천만 원 정도 전세금을 올려 받을 수 있다고 했다. 빈집에 소가 걸어 들어오는 기분이었다.

이 돈 2천만 원에다가 친척으로부터 '가족이라는 원시적 신용'으로 차용한 3천만 원을 합쳐 모두 5천만 원이 마련되었다. 전 주인에게는 5천만 원밖에 없다고 하소연하며 나머지 2억은 융자를 해 달라고 요청했다. 생면부지의 청년이 요구했으나 믿음직스러워 보였는지 한달간의 줄다리기 끝에 수락해 주었다. 내 일생에 고마운 일이 아닐 수 없었다.

이게 바로 미국에서 가끔 이뤄지는 이른바 '전 주인 융자(오너 파이낸싱 혹은 오너 캐리)'이다.

나는 2억 5천만 원짜리 빨래방을 5천만 원을 다운페이(선납) 하고, 잔금 2억 원 가운데 1억 원은 이자 및 무이자 할부로 3년 내에 갚기로 하며 나머지 1억은 15년 분할상환으로 하는 조건으로 구입할 수 있었다. 물론 당시의 고율 이자도 물고 빚 상환 날짜가 늦거나 계약을 이행하지 못하면 나는 빨래방을 전 주인에게 고스란히 반납해야 한다는 점도 계약서에 명기했다.

5천만 원으로 시작한 2억 5천만 원짜리 빨래방. 나에게는 기회의 장이면서 성패의 기로가 아닐 수 없었다.

계약서에 서명을 한 직후부터 나는 밤낮으로 아이디어를 짜냈다. '비용은 줄이고 수익은 올리자'는 당연한 경제 법칙을 실천하는 건 쉽지가 않았다.

우선 전 주인 밑에 있던 종업원 3명을 모두 '해고'했다. 아니 나는 종업원을 두고 비즈니스를 할 처지가 아니어서 그냥 재채용하지 않았다.

쓰레기통도 줄여 쓰레기 봉지를 아끼는 것부터 시작했다. 기계 수리는 외부 사람을 부르지 않고 내가 직접 나섰다.

외주 세탁 서비스도 정성을 다했다. 빨래방 시작하기 전까지 나는 내 빨래를 개켜 본 기억이 없다. 그런데 남의 옷을 다루다 보니 어떻게 접느냐에 따라 고객의 만족도가 달라지는 걸 알게 됐다.

어떤 단골 고객은 그동안 자신이 맡겨 왔던 세탁 서비스 가운데 가장 깔끔했다고 칭찬해 주었다. 과장이 섞였겠지만 기분 좋은 찬사였다.

이렇게 우리 가족이 열심히 일하니 3년 뒤엔 약속한 1억을 갚을 수 있었다. 아직 나머지 1억을 10여 년에 걸쳐 갚아야 하지만 이는 월 납입액이 많지 않아 우리에겐 부담이 거의 되지 않는다.

이런 비즈니스 매매 행태가 전형적 미국식인지 나는 모른다. 그러나 이렇게 비즈니스를 운영하는 방식이야말로 우리 같은 소시민이 경제적 안정을 이루는 데 바람직한 길이 아닐까 생각해 본다. 빚을 갚으려면 열심히 일을 해야 하며 비용을 줄이고 수익을 높이기 위해서는 연구하지 않으면 안 되는 분위기를 조성해 주기 때문이다.

빨래방을 구입한 지 3년이 지나면서 우리는 다소가 빚 부담에서 벗어날 수 있었다. 셋방살이도 면해야겠고 최소의 문화생활도 해야 하겠다는 생각이 들었다. 그런 행복한 구상을 하고 있던 어느 날 한국으로부터 반갑지 않은 소식이 왔다. 전세금이 폭락해 이사하려는 세입자에게 전세금 가운데 2천만 원을 돌려 주어야 한다는 것이다.

그동안 모아둔 쌈짓돈을 다 털고 몇 개월간 허리를 조이고 일을 해 돈을 마련해야 했다. 한국 아파트의 전세금 폭등으로 우리는 빨래방을 구입할 수 있었는데 이제 폭락하니 되돌려 준 셈이 되어 버렸다.

'한국의 부동산 가격은 미국의 서민 생활에 어떤 영향을 미치는 것일까?' 나는 절대적 영향을 끼친다고 확신한다.

우리는 한국 평촌 신도시의 전세금 상승으로 미국 동부 펜실베이니아에서 빨래방을 살 수 있었지만, 전세금 폭락으로 부채 상환 일정에 차질을 빚었기 때문이다.

서민 가계조차 글로벌화된 세상에서 살고 있다는 사실을 나는 빨래방을 시작하면서 비로소 깨달을 수 있었다.

# 이민 생활의 애환

# 기다림의 계절

며칠 전에 한 연변족 한인을 만났다. 8년 전에 미국에 건너온 그는 중국에서는 잘나가는 대학의 한의학 교수였다고 했다. 자기보다 능력이 떨어지는 후배를 승진시킨 데 반발해 무작정 미국 땅에 발을 디뎠단다.

그는 식당 종업원, 세탁소 허드렛일 등 의식주 해결을 위해 닥치는 대로 일을 했다. 영주권이 절실히 필요해 신청했으나 자신의 일을 맡은 변호사가 사기 사건에 연루되는 바람에 졸지에 불법 체류자가 되었다. 더욱이 최근에는 이민국으로부터 추방 명령을 받았다.

불행중 다행으로 최근 한인 시민권자 여성을 만나 결혼을 하게 되었다. 그러나 그의 신분은 아직 불안하다. 이민국으로부터 수년째 아무런 소식이 없기 때문이다. 영주권 인터뷰 통지를 기다리는 그는 하루하루를 초조히 보내고 있다. 그렇지만 그에게 이런 기다림은 삶의 희망이 아닐 수 없다.

또 다른 연변 동포가 있는데, 그는 중국에서 미국에 오는 데 무려 2년 6개월을 보냈다. 소련을 경유하려다 국경 경비대에 걸려 8개월 간의 옥살이를 했다. 그리고도 멕시코로 이주한 뒤 미국 국경을 도보로 걸어 들어오느라 또 한 해를 허송해야 했다. 비행기로 하루 걸리는 이곳을 그는 산전 수전 겪으며 세월을 보낸 후에나 들어온 것이다. 이제는 그나마 괜찮은 일자리를 잡아 수입의 일부분을 중국의 가족들에게 부칠 수 있으니 다행이다. 역시 불법 체류자인 그는 영주권에는 관심 없다. 그저 10년간 이렇게 일해 가족들에게 돈 부치고 중국으로 무사히 돌아가기만을 손꼽아 기다리고 있다.

최근 이곳 교회의 한 목회자가 수년 전 신청한 영주권이 기각되는 바람에 불법 체류자가 되었고 그 충격으로 정신 질환을 얻었다는 안타까운 소식이 있다. 가족들도 빗나간 기다림에 망연자실해 있고 생계도 막막하다는 것이다. 주변 한인들이 적극 도움을 주고 있다고 하나 이들의 이민 생활을 순조로울지는 미지수라고 한다. 다만 기다림이 어긋나더라도 신앙을 잃지 않길 바라는 게 이웃들의 바람이다.

영화 '콜드 마운틴'의 주제는 기다림이다. 동서양을 막론하고 떠난 연인을 기다리는 일은 그리 아름다운가 보다. 요즘 시각으로는 너무 '터무니없는' 기다림으로 사랑을 이루지만, 결국 그 사랑을 곧 떠나보내고 추억으로 간직한다는 이 영화는 진부한 내용이지만 신선한 감동을 준다.


이민 생활은 기다림의 연속이다. 그리고 대부분 이러한 기다림은 누구와 터놓는 그런 등속이 아니라 자기 혼자 부끄러워 간직하는 그런 종류의 것이다.

최근 한국 텔레비전에서 방송된 닭공장 이민 실태에 관한 르포가 화젯거리다. 이 프로에 대한 호불호나 평가를 하고 싶지는 않다. 다만 일부 출연자의 몇 마디가 가슴에 와 닿는다. 어떤 이는 신분 증명을 받은 뒤 일하는가 하면, 어떤 경우는 언제 영주권이 나올지 모르며 기다림 속에서 일을 한다.

그들이 불행한가? 나는 결코 그렇지 않다고 생각한다. 왜냐하면 이들에겐 기다림이 있기 때문이다. 오히려 기다림이 없는 이들이 더욱 불행하게 사는 모습을 너무 자주 접한다.

인생은 기다림 아닐까? 불법 체류자는 영주권이 나올 날을 기다리고 영주권자는 시민권이 나올 날을 기다린다. 시민권자는 비시민권자 애인 만날 날을 기다리고 연인은 사랑하는 이를 다시 볼 날을 기다린다. 이산가족은 재회의 그날을 기다리고 노인은 가족들에게 피해 안 주고 잠자듯 세상을 하직할 날 기다린다. 교인은 예수님을 다시 뵈올 날 기다리고 불자는 성불할 날을 기다린다.

현실이 너무 자랑스러워 밤낮을 휘황 아래 지내는 이들에게 기다림은 먼 나라 이야기일 것이다. 그러나 현실에 너무 좌절해 있는 이들에게 기다림이란 사막보다 더 메마른 삭막이다.

기다림이란 그것이 간절하고 사무칠 때 삶의 자양이자, 인생의 보람이라고 나는 믿는다.

# 벤츠 자동차 사는 법

오늘 아침 집 우체통에서 여느 우편물과는 확연히 구별되는 한 편지를 받았다. 속이 비치는 이른 바 '아쿠아' 봉투에 온갖 화려한 디자인으로 치장한 이 우편물은 동네 벤츠 자동차 회사에서 차를 구입하라는 광고 브로슈어였다.

'크레딧만 괜찮다면 초기 구입시 2천 불 정도로 구입할 수 있고 기종에 따라 매월 약 3~400달러 가량으로 메르세데스 벤츠를 장만할 수 있다' 는 요지의 선전 문구가 마음을 설레게 했다.

현재 우리 집은 10만 마일을 넘긴 포드 SUV와 18만 마일을 눈 앞에 둔 역시 포드 사의 크라운 빅토리아라는 중저가 형 자동차를 가지고 있다. 워낙 돌아다니기를 좋아하는 기질이어서인지 어느 자동차도 우리 집에 오면 고생을 한다.

벤츠하면 생각 나는 이야기가 있다. 한국 시민 단체에서 소비자 상담을 하던 때이다. 주로 서민들의 애환과 고충을 들어주는 일이었다. 그런데 하루는 대전 인근에서 거주하며 중소기업을 운영한다는 한 분이 나에게 상담할 일이 있다며 찾아왔다. 그는 90년도 중반이었던 당시 1억 5천만 원을 넘게 주고 벤츠를 구입했는데 이 자동차가 회사가 당초 주장한 몇 가지 기능에 문제가 있다는 요지의 민원이었다.

나는 이런 하소연을 하는 민원인의 얼굴을 한참 동안 말을 잊고 쳐다본 적이 있다. 민원인의 이야기를 들은 뒤 일단 형식적으로 벤츠 딜러 측에 전화는 한 번 해보았으나 그 이상은 도저히 지속할 수 없었다. 당시 나는 백만 원이 채 안 되는 박봉을 받고 일하고 있었으니 그의 '하소연'은 전혀 다른 세상의 메아리처럼 느껴졌기 때문이었다.

최근 한국 언론에서 벤츠 등 고급 자동차 딜러들이 일부 부유층에게만 자동차를 보여 주는 식의 판매를 한다는 기사를 접했다. 한국의 자동차 판매 관행이라고 치부하기에는 너무 위화감을 주는 이야기이다. 사실 1억 원을 훨씬 웃도는 자동차를 구입할 정도의 수입이 있는 이들이 한정되어 있기 때문이지만 지나친 판매 전략이라고 생각된다.

그러나 이곳은 다른 세상이다. 벤츠도 현금 2백만 원 정도만 있으면 거머쥘 수 있기 때문이다. 우리 동네 인근은 물론이고 극빈층 지역인 가게 인근에도 메르세데스는 자전거만큼이나 흔하다. 그것은 할부 구매와 신용 거래가 그만큼 정착되어 있기 때문이다. 안정된 직장과 웬만한 수입만 있다면 신용을 이용해 고가 자동차도 쉽게 구입할 수 있기 때문이다.

한국도 이제 모기지 방식의 주택 구입이 시작되고 있지만 그리 활성화되지 못한다는 이야기를 듣고 조금 의아하다는 생각이다. 장기 할부 금융 방식의 구매를 보다 널리 확산하기 위한 정책이야말로 서민들이 가진 이들로부터 위화감과 소외 의식을 조금이나마 줄이고 장기적으로 가계를 안정화하는 중요한 계기가 되지 않을까. 물 건너에서 잠시 생각해 보았다.

# 애틀랜틱시티의 한인

동포 언론사 근무 시절이다. 한국에서 예술인을 초청해 공연하는 행사를 기획했다. 10여 명의 예술인이 뛰어난 솜씨를 보여 주어 지역 동포들로부터 커다란 호응을 얻었다. 공연 마지막 날이다. 연주가 끝나기 무섭게 대다수의 예술인이 자리를 떴다. 사실 이들은 청중의 앙코르 요청도 거절한 채 오히려 귀찮다는 식으로 투덜거리며 무대 뒤로 썰물처럼 빠져 나갔다.

감사 인사라도 하려 했는데 사라져 버린 것이다. 나중에 전해 들은 얘기에 의하면 애틀랜틱시티에 있는 카지노에 가려고 하는데 이튿날 뉴욕의 공항으로 가려면 시간이 부족하기에 그토록 서둘렀다는 것이다. 이들에게 자동차 편을 제공해 준 이에게 왕복 차비를 빼고는 모두 털린 것 같다는 말을 들었다.

도박이 얼마나 매력이 있길래 해외 연주회의 앙코르도 마다하고 서둘렀을까? 한심하기도 하고 안타깝기도 했지만 그만큼 도박의 유혹이란 엄청난 마력을 지닌 것 같다.

동부 지역 최대 도박 도시 뉴저지 주 애틀랜틱시티.

이곳 카지노 호텔촌 입구에는 가정집으로 보이는 허름한 2층주택이 한인들의 관심을 끈다. 이곳은 이 지역에서 자립하기 어려운 한인들이 공동 사용하는 집이다.

방 4칸인 이 집에 입주자들은 10여 명이나 된다. 이들은 대부분 카지노 호텔 종업원으로 저소득으로 간신히 끼니 걱정을 더는 수준의 생활을 하고 있다.

이곳에 오기 전까지 이들은 그래도 잘 나가는 소기업 사장도 있고, 번듯한 직장인도 있었다. 도박으로 한 밑천 잡으려 카지노를 찾았으나 다 털리고 이제는 자신이 고객으로 찾던 호텔의 화장실이나 바닥을 청소하는 잡역부로 전락해 버린 것이다.

이들 가운데 대부분이 도박으로 가산을 탕진하고 가정도 파괴되어 오도 가도 못하다 결국 십시일반으로 이 헌 집을 세내 공동생활을 하게 됐다.

도박은 미국 이민 사회에서 심각한 질병이다. 많은 한인들이 그 결과와 후유증을 뻔히 알면서도 이를 막지 못한다. 도박으로 가정이 파괴된 사례는 이들뿐만이 아니다.

가족 가운데 한 사람이라도 이 도박의 덫에 걸리면 가족은 서서히 금이 가 버리는 것이다. 주로 소매업에 종사하는 한인들은 매일 현금을 만진다. 이 현금을 들고 남편이나 아내가 애틀랜틱시티에 놀러갔다가 돌아올 자동차 연료를 살 돈조차 날려 버려 그냥 그곳에 주저앉았다는 이야기도 부지기수다.

어떤 부인은 가족에게 알려질까 봐 두려워 그곳에 머물다 결국 도박 동료 남자와 눈이 맞아 가족이 파경에 이르렀다는 이야기도 있다.

주말이면 주급을 모아 카지노를 찾아 갔다가 그곳에서 며칠 밤을 지새며 놀다 출근하는 것조차 잊은 채 눌러 앉다 결국 직장을 그만두기에 이르렀다는 이야기도 있다.

이런 저런 도박 관련 부작용이 한인 사회에 끊이지 않고 있다.

이뿐인가? 이런 카지노나 슬롯머신이 있는 호텔에 갈 형편이 안 되는 이들끼리 모여 동네에서 이뤄지는 내기 화투판도 골칫거리다. 특히 영어가 딸리고 멀리 이동하기 힘든 노인들 사이에서 이뤄지는 이런 화투판은 때로는 동네 싸움판으로 번지기도 해 한인 사회의 갈등의 골을 더욱 깊게 만들기도 한다.

이민 사회란 익명성을 특징으로 한다.

남의 눈치볼 일 없으니 아무렇게나 살아도 누구도 관여하지 않는다. 아니 아무도 관심을 갖지 않는다. 많은 한인들이 이민 초기에는 청운의 아메리칸드림을 갖고 열심을 내다 신분이나 살림이 안정권에 들어서면 여러 가지 유혹에 무방비 상태가 되 버리기 쉽다.

이 가운데 도박은 많은 이들이 헤어 나오지 못하게 만드는 덫이다. 이는 마약이나 알코올 같이 남의 눈에 금방 띄지도 않아 더욱 비밀리에 이뤄지고 있어 파국에 이르기 전에는 자기 자신밖에는 아무도 눈치채지 못한다.

한인이건 미국인이건 주변에서 도박으로 고생하는 이들을 자주 본다. 이는 경기도 사회 분위기도 타지 않는다.

자본주의 사회의 허상인 도박에 빠져 인생을 망치는 한인들.

결국 우리는 경쟁 사회에서 살아남으려 갖은 고생을 감내하지만 물질적 풍요만을 추구하고 정신적 가치 추구에 소홀하다 결국 비참한 결과를 맞이하는 것이다.

# 이민 열풍 소식을 접하고

이민 생활은 괴롭다.

15년 전 닭공장 노동자로 취업 이민을 온 K씨는 졸지에 실업자가 돼 버렸다. 일 하던 한인 세탁소 주인과 의견 차이로 갈등을 빚어 오다 결국 갈라서게 된 것이다. 50대 초반에 이미 파산해 자신의 비즈니스를 시작하기 어려운 처지여서 일자리와 아파트를 찾아 나서야 한다. 하루 평균 10시간 이상을 일하며 한국 연속극 비디오와 가라오케를 낙으로 살아온 그는 당장이라도 일하지 않으면 의식주 해결이 어려워 하루하루가 괴로움의 연속이다.

이민 생활은 외롭다.

미국 양로원(너싱 홈)에 사는 P씨는 병든 몸을 겨우 가누며 산다. 머리맡에 끼고 사는 라디오에서 나오는 한인 방송이 유일한 친구이다. 젊은 시절 자동차 정비소를 운영해 경제적으로 부족하지 않은 생활을 보냈다. 지금도 그나마 여유가 있어 이곳에서 살고 있다. 그는 느즈막이 외도하는 '실수'를 했으나 아내는 그저 속절없이 떠나 버렸다. 얼마 전 맞는 환갑에는 아무도 그를 찾아 주지 않았다. 그의 전 아내도 끝내 나타나지 않았다. 미국인 간호사가 아무리 따뜻하게 보살펴도 옆방 미국 할머니가 아무리 친절히 대해 주어도 그의 생활은 외로움뿐이다.

이민 생활은 서럽다.

한인 슈퍼마켓에서 10년째 청소 등 허드렛일을 하는 W씨는 영주권이 없다. 아니 합법 신분도 아니다. 캐나다 국경을 넘어 밀입국한 그는 우여곡절 끝에 미국 동부의 이 한인 마켓에 왔다. 신분 문제를 해결해 주겠다는 말을 믿고 머슴처럼 일했다. 영주권만 거머쥐면 결혼할 생각으로 이제 마흔을 바라보지만 아직 미혼이다. 그러나 영주권의 최종 단계인 신분 변경 수속 중인데 아무리 기다려도 소식이 없다. 변호사도 모르겠단다. 불법 체류자를 색출한다는 소문만 퍼져도 피해 다녀야 하는 그의 이민 생활은 서럽다.

우리의 이민 생활은 어떤가?

이들처럼 극단적인 상황은 아니지만 유사한 문제로 괴로워하고 외로워하며 서러워하지 않는가?

얼마 전 한인 봉사 단체의 조사에 따르면 미국에 사는 한인의 절반 이상이 정신병 징후를 보이고 있다는 결과가 나온 바 있다. 그럼에도 높은 의료비 때문에 제대로 대처하지 못한다는 것이다. 많은 한인들이 경제 문제, 신분 문제, 가족 관계 문제, 문화적 충격 등에 대한 해결 방안을 찾지 못하고 있다는 지적이다.

그런데 어찌 보면 이런 문제들은 이민 첫 세대에게는 태생적 과제인지 모른다. 사회 경험과 언어, 친지를 멀리한 채 이역 땅에서 새로운 삶은 영위하려니 무언들 녹녹한 게 있으랴.

그렇지만 문제를 자세히 들여다보면 거기에는 공통분모가 있다. 그것은 이민 생활의 중심이 정신적 가치가 아닌 '물질'에 있다는 것이다. 이곳의 가정 불화의 최대 요인은 생활고라고 한다. 보이지 않는 사랑, 우정 보다는 당장의 수입 규모, 생활 수준이 인간관계의 척도가 된다.

많은 이들이 미국이며 캐나다로 이민을 간다. 넉넉한 생활, 좋은 교육 환경, 청정한 자연 등 많은 것을 꿈꾸며 모국을 떠난다. 요즘의 이민은 과거의 생계형이 아니고 복지형이라는 분석도 나온다.

사실 내가 접한 많은 이민자들은 본국에서보다는 경제적으로 여유로운 생활을 하고 있다. 그러나 물질적으로 성공한 사람이든 실패한 사람이든 많은 이들이 정신적 궁핍함을 심각하게 호소하고 있다.

물질을 중시하나 노예가 되지 않는 것. 보이는 계약서보다는 믿음을 중시하는 것. 썩어질 육체보다는 영혼의 교류를 신뢰하는 것. 온갖 것을 견디며 소망하는 간절한 사랑을 추구하는 것. 십자가의 희생, 물질적 집착으로부터의 해탈을 삶의 중심에 두는 것. 많은 이민자들이 이런 '진부한' 가치를 외면해 불행한 나날은 보내는 것은 아닐까?

요즘 불고 있는 조국의 이민 열풍이 물질주의나 배금사상의 연장이 아니라 한국인의 오랜 전통과 역사 그리고 정신적 가치의 외연을 넓히는 개척 정신의 일환이기를 바라는 것은 무리일까?

미국에 사는 한인 가운데 적지 않은 이들이 물질적 성공을 거둔다. 한인들이 많이 거주하는 로스엔젤레스나 뉴욕에는 미국 주류 사회와 견줄 만한 거부들이 많지만 내가 사는 농촌풍 중소 도시의 경우는 백만 달러 내외의 사업체나 주택을 보유하고 있으면 성공했다고 말하는 데 이의를 다는 사람은 별로 없다.

B씨는 미국 중소 도시의 한인 가운데 성공한 인물로 꼽힌다.

그로서리로 시작해 지금은 주택단지 개발, 쇼핑센터 개발에 이르기까지 많은 사업을 벌이고 지역사회에도 공헌이 적지 않아 지역신문에서도 성공한 한인으로 선정되기도 했다.

이곳 정착하기 몇 년 전부터 그의 성공담은 주변 한인들에게 익히 알려져 있었다. 우리 가게는 그와 몇 블럭 떨어져 있어 하루는 그의 그로서리를 찾아가 보았다. 잡화로 가득한 그로서리 안에서 B씨 부부를 만날 수 있었다. 내실로까지 안내를 받아 커피 대접을 받았다. 가게를 차려서 주변 사람도 좋은 일시키고 정부에 세금도 내고 교회에 헌금도 많이 해야 성공한다는 설교를 들었다.

그리고 며칠 뒤 나와 아내가 동행한 은행 앞길에서 그와 마주쳤다. 그는 우리를 보자 잠시 시간을 내어 무언가 보여 줄 게 있다며 시간이 있느냐고 물어 왔다. 워낙 호기심 많은 나는 무슨 일이냐고 묻지도 않고 그를 쫓아갔다. 자동차로 따라간 곳은 바로 그의 집이었다.

집 입구부터 장식이 요란했다. 거라지(주차장)에는 빨간색 컨버터블을 비롯해 자동차 4대가 늘어서 있었다. 이제 막 공사가 끝난 듯한 그의 집을 안내해 들어가 구경했다.

"이 동네에선 찾을 수 없는 내장재 마감재를 썼지요."

집 안 구석 구석을 돌며 설명하는 그의 스스로 만족해하는 모습이 더욱 좋아 보였다. 여느 사람같으면 안방이나 자녀들의 방은 프라이버시도 있고 해서 친한 사이가 아니면 보여 주지 않거나 들어가지 않는데 그는 달랐다. 마치 자신이 부동산 중개업자인양 안방, 건넌방, 침실, 화장실로 일일이 들어가 수도꼭지며 욕실 부품까지 최고급 브랜드를 거명해 가며 소개하는 게 아닌가?

지하실에는 대형 스크린 텔레비전에 프로젝션은 물론이고 사우나 시설도 갖추고 있었다. 사우나 창문으로는 인공 연못과 수영장이 내다보인다. 백만 달러는 훨씬 홋가할 저택으로 보였다.

우리 가게에서 몇 블럭 안 떨어진 그로서리 카운터에 있던 부부의 얼굴을 떠올리며 웃음을 지었다. '직장과 가정이 전혀 상반된 삶도 살 수가 있구나…' 그의 자랑을 애교로 받아들이고 '무척이나 부러워해 주며' 집을 나섰다.

그리고는 또 수개월이 흘렀다. 우리 동네 살다 타 주로 이사한 S씨가 오랜만에 가게를 방문했다. 대화 중에 우리 동네 부자 이야기가 나왔다. 당연히 B씨가 화제에 올랐다. 그도 나와 비슷한 방식으로 '반강제 초청'을 받아 B씨의 집을 구경한 적 있다는 것이다. 그는 B씨의 말을 되뇌이며 박장대소를 했다.

"실내장식을 모두 뉴욕에서 특별 주문했습니다. 우리 집 참 좋~죠."

그는 이렇게 자신의 집을 나에게 한 것과 똑같이 자랑했다고 한다.

이 동네에서 B씨는 이웃들과 거의 교류를 하지 않는 것 같다. 그러니 집을 새로 지어도 축하해 주거나 방문해 줄 사람이 거의 없었는가 보다. 조금이라도 아는 사람이면 자기 집으로 불러 이렇게 자기 집을 구경시켜 주며 마음껏 뽐내고 싶었는지 모른다.

단어 몇 자만 달랐지 그의 말은 바로 이렇게 요약할 수 있을 정도다.

"저의 장점은 크게 부각시켜 주시고, 부족한 건 기억조차 하지마시고 제 집을 마음껏 부러워하시고 주변 사람들에게 많이 선전 홍보해 주세요."

한국에서 경제적으로 어렵게 지내다 미국에서 어느 정도 재산을 모으게 되면 다소 사치도 하고 호사도 부리고 싶은 게 우리네 마음이다. 비록 그로서리나 세탁소, 잡화 같은 소매업을 해도 열심을 내면 저택을 구입하는 게 그리 어려운 일은 아니다.

자신의 고생을 알아주고 자신의 업적을 높이 평가 받기를 원하는 것도 인지상정인지 모른다. 그런데 이렇게 작은 도시에서는 아무리 큰 저택을 가져도, 대리석에 금송아지 장식을 해도 누구 하나 와서 부러워해 줄 사람이 없으니 안타까운 노릇일 뿐이다.

# 초기 이민자의 절약법

우리 동네 L선생네는 90년 대의 '전형적' 한국 이민 가족이다.

내가 전형적이라고 표현한 것은 당시 한인들의 미국 이민 형태의 대표적인 사례가 아닌가 해서이다.

정부의 주선으로 아르헨티나로 농업 이민을 떠났으나 그는 곧 이곳에서 정부의 지원만으로는 생계유지조차 어렵다는 사실을 깨닫게 된다.

그는 바로 미국 이민을 준비한다. 이웃들은 1만 5천 불 내외로 미국 닭공장 취업 이민을 준비했지만, 그는 자녀 교육 등도 감안해 이왕 미국 갈 거면 빠른 게 낫다고 믿어 '속성코스'로 택했다.

브로커에게 웃돈을 건네주면 수속 기간을 절반으로 단축해 주는 프로그램을 택하였다고 한다. 실제로 L씨 가족은 비슷한 시기에 신청한 이들보다 수개월 빠르게 미국 땅을 밟았다. 그는 메릴랜드 주 솔즈베리 지역의 닭공장에 취업하게 된다.

남들은 가족 가운데 대부분 남자만 일하지만 L선생네는 부부가 함께 닭공장에 취업했다. 이왕 할 고생이라면 보다 빨리 돈을 모아 야겠다는 생각에서였다. 영주권을 거머쥔 이들은 남들처럼 가게를 장만할 목돈이 없기에 또 다른 일 자리를 찾아야 했다. 이래서 찾은 게 병아리 감별이다. 이 일 역시 그들은 내외 모두 나서서 일했다. 그런 뒤 L씨 부인은 옷수선 공장에 취업해 재단 작업 등 옷수선 기본 기술을 익힌 뒤 드디어 세탁소를 임차하는 데 성공했다.

이들은 옷수선(얼터레이션)과 세탁소 드랍 스토어(세탁물을 접수해 다른 공장에 의뢰한 뒤 수수료를 받는 가게)를 운영해 남매를 대학 교육 시키는 데 성공했다.

그들의 미국 정착 과정의 어려움을 외부의 누가 이해할 수 있겠냐만 L씨가 자동차를 구입하는 과정을 살펴보면 이들의 '생존 여정'을 다소나마 가늠할 수 있다.

처음 구입한 자동차는 92년 당시 7년된 8만 마일 뛴 시보레 카발리어이다. 그는 이 자동차를 5년간 사용했다. 무려 9만 마일을 달려 17만 5천 마일을 뛰었다. 그리고는 이 자동차를 지난 97년 올스모빌 자동차를 구입하면서 8백 불을 쳐 교환했다. 이 올스모빌은 당시 8만 8천마일을 기록한 차였는데 지금은 18만 마일을 웃돈다.

아이가 대학에 들어가며 자동차가 필요해지자 같은 해에 10년된 짚 자동차 8만 4천 마일 달린 것을 구입한다. 그 뒤 이 짚은 역시 95년형 올스모빌(7만 7천 마일)과 트레이드 인하면서 6천 불을 지불했다.

그리고는 딸도 학업을 마치고 자동차가 필요해져 구입한 자동차는 랜드로바이다. 이 자동차는 90년형인데 8만 2천마일을 뛴 차다. 딸은 이 차를 아직 몰고 있다.

"남들 차 한대값으로 나는 이민 10여년 동안 다섯대를 샀지. 자동차를 직접 고쳐서 탈 수 있는 기술이 있었기 때문에 가능했어."

최근에 산 랜드로바의 경우 엔진만 빼고 부속은 모두 갈았을 정도로 부대 비용이 많이 들기도 했다.

그러나 그는 결코 새 차를 사지 않는다. 그것은 그가 체득한 나름의 절약 정신이자 생존 방식이기 때문이다. 그래서 그는 오늘도 길거리를 유심히 관찰한다. 거리에 놓여진 'For Sale' 간판이 붙은 자동차를 찾아내기 위해서 말이다.

미국 땅 이야기

# 도너 파티의 비극

올해도 많은 밀입국자들이 멕시코와 캐나다 국경을 건넜다. 한인 밀입국자도 해마다 늘고 있지만 적지 않은 이들이 성공하지 못하고 있다는 소식이다. 언론에 따르면 미국 남서부 국경을 통해서만 2004년 한 해 동안 3백만 명 가까운 인원이 밀입국을 시도하는 것으로 미 정부 당국은 추정하고 있다.

그러나 이렇게 적발된 이들은 그야말로 '재수 없는' 경우에 해당할 정도로 국경의 밀입국은 여전히 성행하고 있는 실정이다. 이를 입증이나 하듯 우리 가게의 고객 가운데 최근(2004년 여름)에도 아리조나 주 국경을 넘어 멕시코에서 가족을 만난 뒤 다시 국경을 넘어 미국으로 들어온 걸 자랑삼아 이야기 하는 사람도 있다.

해피엔딩으로 끝난다면 이들에게 밀입국 과정은 무용담이 된다.

정착에 성공할 경우 밀입국은 자유를 향한 몸부림으로 미화되기도
한다.

그러나 실패한 경우는 어떻게 될까. 지금은 추방 재판을 받고 본
국으로 되돌아 가든지 아니면 운 좋아 미국 정착에 성공하는 경우
도 드물지만 있기는 하다.


이민에 성공한 이들이든 아니든 미국에 정착하는 외래인들에게
미국민의 이민, 이주의 현장이 어떠했는지 극명하게 보여 주는 역
사적 사건이 있다.

그건 바로 서부 개척 당시 '도너'(Donner) 라는 한 가족의 이주
비화이다.

미국 미시시피강 서부의 인구는 1840년 초 당시까지만 해도 불
과 2만 명이 채 되지 않았다. 그러나 10년 뒤에는 50만 명이 넘는
이들이 서부를 찾았다.

일리노이 주 스프링필드 인근에서 남부럽지 않게 정착한 도너
가족은 더 나은 삶을 위해 서부 이주를 결행한다. '리드(Reed)'씨
가족도 동행하기로 한다. 이 여정의 총 지휘자 격인 조지 도너는
당시 62세로 이미 스프링필드에 정착하기 이전 다섯 차례나 이주
한 경험이 있는 개척 정신이 투철한 인물이었다. 이들은 중산층으

로 이들이 마련한 마차는 당시 이민자들이 전혀 보지도 못한 2층의 화려한 장식으로 치장했다.

문제는 이들이 성공의 지름길을 찾아 너무 서둘렀다는 데 있다. 당시 동부에서 서부로 이주하는 통로는 여러 갈래가 있었다. 대다수가 따라간 길은 다소 멀지만 그래도 안전한 육로였다.

그러나 도너 가족이 선택한 길은 '헤이스팅의 지름길'이었다. 오하이오 출신의 젊은 변호사인 랜스포드 헤이스팅은 자신이 서부 개척 길에 오르면서 캘리포니아를 제2의 낙원이라고 미화했다. 그리고 그 낙원으로 가는 길 가운데 기존에 많은 이들이 이용하던 길 말고 조금 힘들지만 더 짧고 빠른 지름길이 있다고 주장하면서 자신이 발견한 길은 '좁고 험하지만 빠른 길'이라고 강조했다.

도너 가족은 시간과 물자를 절약하기 위해 많은 이들이 위험 요소가 많아 기피하던 바로 그 '지름길'을 선택했다. 그러나 나중에 밝혀진 사실이지만 헤이스팅의 지름길은 실제 기존의 루트에 비해 짧지도 쉽지도 않았다. 더욱이 이런 사실이 드러나는 데는 희생이 따라야 했다.

도너 파티는 1년여의 여정을 끝낸 뒤 모두 87명의 일행 가운데 46명이 살아남았다.

여자와 어린이의 3분의 2가 생존했지만 남자의 3분의 2가 실패했다. 살아남은 이들은 여정을 거쳐 오면서 겪게된 끔직한 이야기를 들려주었다.

이들은 헤이스팅의 지름길을 건너면서 추위와 배고픔을 견디다 못해 가족과 친지의 인육을 먹으며 생명을 부지했다는 것이다.

이들 가운데 일부는 처음에는 추위로 죽거나 혹은 죽어 가는 사람을 먹었다. 그러다 그것이 다 떨어져 버린 뒤에는 노예로 데려간 두 인디언을 살해해 먹기로 계획을 짰다. 그런데 이런 음모를 이들 인디언들에게 알려 주어 도망가게 한 사람도 있었다.

도너 파티의 생존자 이야기가 전해지면서 서부 이주의 환상이 점차 깨지기 시작했다. 서부는 결코 낙원이 아니라는 사실이다.

사실 지구상 어느 곳에 상상 속의 낙원이 있겠는가? 낙원이 있다해도 그것을 내 손에 거머쥐는 것이 단시간에 이뤄질 수 있을까?

도너 파티의 생존자 가운데 한 여성으로 당시 13세 소녀였던 버지니아 리드가 전한 편지에는 그런 뼈아픈 충고가 담겨 있다.

"그나마 하나님에게 감사한 일은 우리는 유일하게 인육을 먹지 않은 가족이란 점이야. 우리는 모든 걸 다 잃었지만 상관없어. 이렇게 목숨을 부지한 것만도 다행이란 생각이야… 기억해. 결코 지름길을 찾으려 하거나 성급하게 이루려 해선 안 돼, 결코."

최근 국경을 넘은 한 멕시코인은 국경을 넘으면서 많은 이들이 국경 수비대의 총받이가 되는 일도 많고 사고 등으로 불구가 되거나 목숨을 잃는 것을 보았다고 증언했다.

　현재의 밀입국 실태를 도너 파티의 사건과 단순 비교할 수는 없다.

　그러나 도너 파티가 우리에게 주는 교훈은 너무 간절하다. 미국에 사는 누구도 이루지 못한 아메리칸드림을 향한 조급한 행동이 얼마나 비극적인 결과를 낳을 수 있느냐를 극명하게 보여 주는 것이다. 지금도 캐나다와 멕시코 국경에서 행여 현대판 도너 파티가 재연되지 않을까 걱정이 앞선다.

# 라스베가스와 그랜드 캐니언

미국을 찾는 관광객에게 인기 상위에 오른 두 곳은 라스베가스와 그랜드 캐니언이다.

도박의 도시, 잠들지 않는 도시로 불리는 라스베가스의 유명세는 최고급 호텔과 위락 시설에도 있겠지만 뭐니 뭐니 해도 야경을 빼놓을 수는 없을 것이다. 어느 요일이건 한밤중 라스베가스의 대로인 '스트립'을 거니노라면 그 화려함과 휘황에 넋을 잊기 십상이다.

이 거리에 최근 한인 업소들도 급속히 늘었다. 알려지기로는 대략 1만 5천 명의 한인이 거주한다니 놀랍다. 스트립의 한 편에는 수많은 영어 간판 사이로 '육계장, 해장국' 네온 사인이 한국인의 향수를 달래 준다.

환락의 도시 라스베가스는 테러니 불황이니 하는 외지의 아우성을 아랑곳 않고 사막 한가운데서 수많은 허황된 환상을 쫓는 나그네의 호주머니를 챙기며 성장을 거듭하고 있다.

이곳에서 자동차로 서너 시간 거리에는 그랜드 캐니언이 자연의 위대함을 보여 주고 있다. 수백만 년 전 빙하가 만들었다는 이 계곡은 대략 서울에서 대전간의 거리에 걸쳐 있다.

이번 여름 조금 이르게 휴가를 내어 서부 기행에 나섰다. 한밤중에 비행기가 착륙한 곳이 라스베가스라 자연스레 야경을 보게 되었고 다음 날에는 그랜드 캐니언을 동쪽에서 진입하는 바람에 정작 도착한 시간은 어스름이 내릴 무렵이었다. 그랜드 캐니언을 하루 더 감상할 요량으로 인근의 호텔 몇 군데를 방문했지만 하룻밤 지내기에 우리 가족에게는 호텔비가 너무 턱없이 비쌌다. 하는 수 없이 그랜드 캐니언의 북쪽 계곡 인근에서 머물 계획으로 계곡을 도는 야간 운전을 감행했다.

국립공원 정문을 지나 계곡 안으로 들어서니 하나 둘 보이던 자동차도 보이지 않고 칠흑같은 어두움 뿐이었다.

밤하늘을 보아야만 할 것 같아 전망대를 찾았다. 그리고 우리 가족은 차에서 내렸다.

"우와" 아들 녀석이 탄성을 질렀다. 나와 아내도 입을 다물 수가 없었다. 도대체 이많은 별들을 누가 걸어다 놓았는가? 그리고 어찌 이리도 가깝게 다가오는가.

미국의 별은 동부 국립공원 셰난도우에서 본 것이 그때까지 가장 큰 감동이었는데 서부 그랜드 캐니언의 별들은 또 다른 흥분을 안겨 주었다. 바로 손으로 호주머니에 몇 개라도 담을 수 있을 정도로 가까웠다.

라스베가스와 그랜드 캐니언은 빛의 고장이다. 그러나 이 둘은 전혀 다른 성격의 빛을 띄고 있다. 라스베가스는 우리가 만든 인조의 빛이지만 캐니언의 밤하늘은 조물주가 지은 광채였다. 베가스의 불빛은 인간의 욕심을 부르지만 대계곡의 광영은 우리의 나약함을 일깨운다. 인간의 네온사인은 소모적이지만 별의 광채는 우리의 꿈을 일구니 생산적이다.

최근 미국 내 급성장 도시로 라스베가스가 다섯손가락 안에 든다고 한다. 경제 규모의 팽창으로 베가스의 시계도 날로 팽창하고 있다. 그러나 이것이 바람직한가에 대해서는 이론이 많다.

오늘 펜실베이니아 주는 주민의 재산세를 줄인다는 명목으로 카지노를 도입 여부를 투표에 부친다. 여론조사에 따르면 통과 가능성이 높다고 한다. 허덕이는 재정 적자 등에 가장 손쉬운 해결 방안으로 카지노업 도입을 고려하고 있는 것이다.

모국 강원도의 카지노 사업이 도나 시의 재정에 얼마나 도움을 주는지 나는 모른다. 다만 적지 않은 부작용이 있을 것이라고 본다.

그러나 우리는 도박이나 환락에서 중심을 지키고 제대로 설 수 있는 이성이 있다. 최근 여행 전문 텔레비전 방송국이 방영한 한 프로그램이 그 단초를 보여 준다. 야경이 가장 아름다운 지역 10곳을 소개한 이 프로에서 라스베가스는 2등을 했다. 1등은 캐나다와 스칸디나비아 반도의 하늘에서 보이는 오로라였다. 하늘의 아름다움을 아직 우리는 따라가지 못하고 있다는 반증이다.

가장 아름다운 풍경을 감상하고 싶다면, 인적 드문 숲이나 계곡을 찾아 밤하늘을 감상해 보는 건 어떨까.

# 미국 땅 이름 이야기

사람은 죽어 이름을 남긴다 했다. 미국 땅의 많은 도시 마을의 이름은 건국 영웅, 민주 투사, 인권 운동가 등이 헤아릴 수 없이 많다.

그런데 그 연유를 탐구하기 전에는 도저히 이름의 유래를 알 길 없는 지명도 적지 않다. 이런 작명의 경위를 캐다 보면 그곳 사람들의 자유 분방함과 개척 정신을 엿볼 수 있다.

내가 사는 펜실베이니아 주 중부만 해도 그런 이름이 많다. Bird in Hand라든가 Intercourse와 같은 지명이 그것이다. Ono라는 곳은 뭔가 안 될 것 같아 발길이 주저되기도 한다. Paradise는 어떤 동네인지 한번 방문해 보고 싶게 만든다.

Bird in Hand는 같은 이름의 여관으로부터 유래했다는 게 정설이다. 서부 개척 시절 탐험가들에게 하룻밤을 묵을 곳은 필수적이다. 'Bird in Hand Inn'이 바로 그런 곳이다.

필라델피아에서 가려고 하면 Bird in Hand는 랭커스터에 닿기 십여 마일 못 미친 곳에 있다. 백여 년 전 도로 개척자들이 하루는 일을 마칠 즈음 땅거미가 지자 숙박할 장소를 놓고 이 근처에서 논란을 벌였다. 이곳에서 머물 것인가 아니면 랭커스터까지 가서 묵을 것인가를 놓고 분분했다. 그러던 중 한사람이 이렇게 제안을 했다. "손아귀의 새 한마리가 덤불속의 두마리 가치가 있지 않겠소?" 그래서 이곳은 이런 이름이 남게 됐다는 것이다.

아무튼 이 지명은 우정, 안락 그리고 환대의 의미를 지니고 있어 주민들은 애정으로 간직하고 있다. 아미쉬 마을의 여행객들에게는 필수 방문지로 꼽히기도 한다.

Intercourse는 어떤가? 우리말로 교제, 통상 등으로 번역되는 이 이름은 여행 전문 작가 윌리엄 리스트 해프문(그는 자신의 이름도 아버지 해프문, 그리고 형 리틀 해프문을 따서 이렇게 지었다)에 따르면 미국에서 가장 재미있는 이름이라고 했다. 이 지명은 더욱이 남녀간에 사용될 때는 은밀한 의미를 지니고 있어 외부인에게는 비상한 호기심을 자아낸다.

이 이름의 유래는 몇 갈래가 있다. 동서와 남북의 통로가 만나는 곳이라 해서 처음에는 'Cross Key' 라고 불리다가 이 지역의 대지주가 땅을 추첨 방식으로 팔려고 시장에 내놓으면서 광고 문안으로 Intercourse라고 작명했다는 설이 있다.

또 다른 일화는 이곳이 경마의 시발점이어서 'Enter Course' 라고 불리다가 Intercourse로 전화된 뒤, 우체국명을 짓는 과정에서 고착됐다는 설득력 있는 주장도 지니고 있다. 이곳은 이름에 걸맞게 아미쉬 고장의 관광 코스 가운데 방문해야 할 곳 가운데 하나로 주말이면 전국으로부터 여행객으로 북새통을 이룬다.

그뿐인가?


서부 뉴멕시코 주 중남부의 온천장 도시, Truth or Consequences. 이 도시는 같은 이름의 라디오 및 텔레비전 프로그램의 주최 측에서 미국 내 전역에 이름을 Truth or Consequences로 할 것을 공모했다. 이에 당시 뉴멕시코 주의 핫스프링 시 주민들은 즉각 이에 대해 찬반 투표를 거쳐 이를 수용했다. 아직도 이 지명에 대한 논란이 있기는 하지만 한번 고쳐진 이름을 다시 바꾸기는 쉽지 않으리라. 세계에서 유래를 찾기 어려운 기묘한 이름의 도시가 아닌가 한다.

그런 이름을 찾아 보면 더 있다.

아리조나 주의 한 작은 마을은 알파벳 'Y' 형상을 했다고 해 이에 음을 빌어 'Why' 라고 지었다. 이에 화답이라도 하듯 미시시피 주는 Whynot이라 이름지은 곳도 있다. 이 동네 주민들은 동네 이름 짓느라 논란이 격해지고 오래 걸리다 보니 모두들 지쳐 있다가 이렇게 절충안으로 합의를 보았다는 후문이다. 도시에서 너무 멀어서 인지 Remote(오레곤 주)라는 지명이 있고, 자연환경이 모두 단순하고 간단해 보인다고 해서 Simplicity(버지니아 주)이던가? 오로지라는 뜻의 Only(테네시 주), 동전 상자처럼 생겼다 해서 Dime Box(텍사스 주)도 있다.

뉴욕 주 Climax, 노스다코타 주 Cando, 노스캐롤라이나 주 Frying Pan, 미시건 주 Hell 그리고 플로리다 주 Two Eggs 등도 재미있는 도시 이름들이다.


이런 땅 이름의 유래에서 찾아볼 수 있는 것은 이 지역 주민들의 자유 분방과 행정 당국의 여유스러움이다. 비슷한 이름보다는 다소 튀더라도 특색 있는 이름으로 외지인에게 동네를 알려 보자는 순박함이 배어 있기도 하다.

조국의 산천이 더욱 그리운 계절이다. 이즈음에는 대도시의 번 잡함보다는 이름 모를 산골 마을 정경이 간절히 보고 싶다. 나들이 를 가고 싶다. 그래서 어려움이 많다는 주민을 마주치면 한번 이렇 게 농하고 싶다. 지역 발전을 위해 동네 이름을 새로 짓는 투표를 해보는 게 어떠냐고 말이다. 여러 가지 답답하고 힘들 때는 아예 이름을 바꾸어 보는 건 어떨까 싶기도 하다.

# 미국 예술 도시

미국에서 예술적으로 가치 있으면서도 살 만한 도시는 어디일까?

공연장이라든가 화랑과 같이 음악 미술을 일상생활에서 맛볼 수 있는 도시를 찾는 이들이 늘고 있다. 그것도 뉴욕이나 로스엔젤레스, 시카고, 필라델피아 같은 대도시보다는 중소 규모의 도시 가운데 아름다운 곳을 찾으려는 이들이 증가 일로다. 이 같은 추세는 교통 혼잡, 공해, 범죄, 지나친 상업화 등 대도시의 부정적 일상에서 벗어나려는 도시인들의 꿈과 맞물려 갈수록 고조되고 있다.

여행 칼럼니스트 존 빌라니의 '미국 1백 개 베스트 아트 타운'은 이런 수요를 감안한 안내서이다.

이 책에 나오는 1백 개 아트 타운을 필자가 유심히 관찰해 본 결과 이들 유명 도시들은 미국 대륙을 남북으로 5개 군으로 나누어진다는 사실을 알 수 있었다. 미국 본토에 손바닥을 놓았을 때 손가락이 놓여지는 방향이 이들 아트 타운 밀집 지역과 대체로 일치한다는 말이다.

그것은 우선 대서양 연안의 항구 혹은 연안 도시군, 둘째는 에팔레치아 산맥 기슭군, 세 번째는 미시시피강 유역의 도시군, 넷째는 로키 산맥 기슭 도시군 그리고 태평양 연안 도시군 등이다.

대서양 연안에 속한 도시로는 메인 주의 포틀랜드에서 뉴저지 레드 뱅크, 메릴랜드 이스턴 노스캐롤라이나 보포트플로리다 최남단 키웨스트 등이다.

에팔레치아 산맥군은 버몬트 버링톤에서 뉴욕 주 우드스탁 웨스트버지니아 버클리스프링스 노스캐롤라이나 주 애빙턴을 거쳐 조지아 주 애딘스 등이다.

미시시피강 유역군은 미네소타 주 그랜드 머레이즈를 시작으로 아이오와 주 아이오와시티, 아칸소 주 핫스프링스로 이어지다 루이지애나 주 내치톡 등과 만난다.

로키 산맥군은 북단 플랫헤드벨리를 비롯한 미솔라 리빙스턴 등 몬타나 주를 시작으로 콜로라도 주 스키 리조트를 거쳐 뉴멕시코

주의 타오스 산타페 등을 포함한다.

태평양 연안 예술 도시로 그가 꼽은 곳은 워싱턴 주 포트 타운센드, 오레곤 주 캐논 비치 그리고 캘리포니아 주 유레카, 멘도시노, 카멜을 거쳐 오하이에 이어진다.

작가는 이 가운데 메사추세츠 주 '노스햄턴', 뉴멕시코 주 '산타페' 그리고 캘리포니아 주 '유리카시와 아케이타시(2개 시를 통합해 1개로 간주)'를 각각 1~3위로 선정했다.

1위 노스햄턴은 커네티컷강이 흐르는 파이오니어 밸리에 대학촌의 중심 도시이면서 인근에 이 일대 상업 및 기업 중심지 스프링필드가 있어 소도시로서의 전통과 문화를 간직하면서도 예술 도시로 자리잡은 것이다.

노스햄턴에서는 메사추세츠 주 국제 예술 페스티발, 파라다이스 시티 아트 페스티발, 노스햄턴 필름 페스티발 등이 지난 1995년 시작된 이래 이어지고 있다.

이 도시는 특히 수많은 비영리기관이 예술 활동을 지원함으로써 예술 수혜층을 넓히고 있기도 하다.

영화 '누가 버지니아 울프를 두려워하랴'의 촬영 장소이기도 하다.

이 도시는 지역 예술가들의 작품이 갤러리의 공간을 채우고 남을 정도여서 정부 기관, 레스토랑, 커피숍, 기업체 등에까지 진출할 정도라고 전하고 있다.

2위인 산타페는 현대 자동차의 이름으로도 잘 알려져 있지만 사실 이 도시는 미국에서 가장 유서 깊은 도시이다.

미국 예술 도시의 상위를 차지하는 도시의 공통점은 무엇일까?
그것은 우선 역사 깊은 도시여야 한다는 것이다. 박물관이나 전시장 등을 어느 정도 규모로 확보하고 있어야 하며 각종 문화 예술 페스티발을 정기적으로 개최해야 한다. 그리고 거주 및 생활 비용이 적정해서 가난한 예술가도 이주하기 수월해야 한다는 점이다.

우리나라 서울의 인사동, 대학로, 충무로가 어떻게 변했을지 궁금하다. 서울뿐 아니라 지방의 유서 깊은 도시들이 예술 공간으로 변해 예술가뿐 아니라 문화 기행을 사랑하는 이들이 즐겨 찾는 명소가 되길 기대해 본다.

# 벨트 문화

미국 전역을 나누어 보는 방법은 여러 가지가 있다. 통상 동부 사람들이 '서부'라고 할 때 이조차 사람에 따라 어디를 기준하냐에 따라 그 영역은 달라진다. 혹자는 애팔레치아 서쪽을 서부로 부르는 이들도 있고, 멀리 로키 산맥의 서쪽 기슭부터 서부로 가르는 이들도 있다. 통상 미시시피강을 서부의 경계로 삼으면 동서부는 대륙의 거의 절반씩을 차지하는 만큼 이 구분법이 통용되는 것 같다. 세인트 루이스에 있는 스테인레이스 레인보우 아치가 서부의 관문으로 건축된 것도 이 때문이리라.

우리 잘 아는 주(State)는 정치 행정상의 구분 방식인데 미국 전역을 비교해 이해하는 데는 다소 인위적 측면이 있다. 언론인 혹은 작가들이 즐겨 쓰는 구분법 가운데 벨트(Belt)가 있다.

바이블 벨트

미국 남부 텍사스 동북부에서 노스캐롤라이나 남쪽으로 플로리다에서 테네시 주를 아우르는 지역을 통상 바이블 벨트라 부른다. 이는 근본주의 개신교 신도들이 많아 정치 문화적 성향에 커다란 영향을 끼치는 지역이다. 이 가운데 테네시 주는 이 바이블 벨트의 중심부로서 '버클 스테이트'라고 부르며 자부심을 가진다고 한다.

바이블 벨트는 북부 사람들에게는 보수와 수구의 본거지로 정치적으로는 공화당의 텃밭으로 알려져 있다.


옥수수 벨트

경지 면적 가운데 옥수수가 압도적인 환금 작물인 미국 중서부 지역을 지칭한다. 통상 이 지역은 아이오와, 인디아나, 일리노이 그리고 오하이오 주 서부를 아우른다. 이 4개 주의 옥수수 산출량은 미국 전체의 약 절반을 차지한다.

콘벨트는 또한 사우스다코타, 네브라스카, 캔사스, 미네소타, 위스컨신, 미시건, 미주리 그리고 켄터키 일부도 포함한다.


곡물 벨트

이는 옥수수 벨트와 거의 중첩되는 지역으로 콩 등 각종 곡물의 생산량이 세계 곡물 시장을 좌우할 정도의 엄청난 양의 곡물을 생산하고 있다.

## 젤로 벨트

몰몬교가 주민의 다수를 차지하는 유타 주를 중심으로 한 인접 지역(아이다호 남부, 몬타나 서부, 네바다 동부와 남부, 캘리포니아 센버나디오 지역, 아리조나 메사)을 통칭하는 말이다.

이런 명명의 유래는 몰몬교인들이 젤라틴으로 만드는 젤로(Jello)를 간식으로 즐긴다는 데서 유래했다고 한다. 젤로는 유타 주의 주 공식 스넥이기도 하다.

## 쌀 벨트

아칸소, 루이지애나, 미시시피 그리고 텍사스 주 등 쌀 생산량이 많은 남부 지역을 지칭한다.

## 러스트(Rust) 벨트

이는 산업 벨트라고도 불렸다. 이 지역은 미국 북동부 북중부 지역 등 공업화 지역을 지칭하는 말로 자주 쓰인다.

지난 1960년대 세계적으로 자유무역의 흐름이 확산되면서 미국의 주요 공업지역이던 이 지역의 공업 성장은 한계에 이르고 점차 쇠퇴의 길을 걷고 있다. 많은 공장들이 해외로 이전하면서 이들 공업 지역의 수많은 공장들이 녹(Rust)슬어 버린 것을 상징적으로 말해 준다.

실제로 이 지역의 주요 대도시인 디트로이트, 클리블랜드, 톨리도, 오하이오, 버팔로, 피츠버그 등은 인구가 가장 감소하는 지역으로 기록되고 있다.

썬(Sun) 벨트

남부 남서부 지역으로 겨울철에도 거의 눈이 내리지 않을 뿐 아니라 연중 강우량이 적고 일조량이 많은 미국의 남쪽 지역을 통칭한다. 러스트 벨트의 영향력이 갈수록 줄어드는 반면, 썬 벨트 지역의 인구와 경제적 비중은 최근 10여년간 괄목한 성장을 이루고 있다는 통계이다.

우리 현대 자동차가 요즘 각광받는 썬 벨트이면서 쌀 벨트인 미시시피 지역에 비교적 낮은 부동산 가격에다 상대적으로 낮은 임금을 배경으로 조립 공장을 세운 것도 이런 점에서 주목된다.

# 사라토가 온천장

사라토가란 '급류의 물', '언덕에서 나오는 샘' 혹은 '비버가 사는 곳'이라고 다양하게 번역되는 인디언 말이다.

뉴욕 주 북부의 리조트 타운 사라토가는 내가 좋아하는 도시 가운데 하나이다. 이 도시는 역사가 깊고 온천이 솟고 번잡하지 않으면서도 세련된 소도시이다.

사라토가는 원래 카지노와 경마의 도시였다.

한때 성시를 이루던 사라토가의 카지노는 지금은 사라지고 그곳은 골동품 전시장 등으로 이용되는 문화 공간이 되었다. 바람직한 변화가 아닐 수 없다.

아직도 유명한 경마는 여름철 많은 관광객을 모으지만 나는 수 주간 동안 이뤄지는 경마가 제발 다른 곳으로 이전했으면 하는 바람이다. 경마철에는 크지 않은 경마장 주변을 수많은 자동차들이 점령해 '품위를 찾는' 관광객을 짜증나게 할 뿐아니라 저녁이 되면 알코올로 동네가 시끄럽기 때문이다.

사라토가에 영업 중인 온천 가운데 우리식으로 원탕격은 '링컨 베스' 한 군데 뿐이다. 미국 온천은 한국과는 달리 1인당 조그만 베스터브(욕조)를 하나씩 할당해 주고 물을 채워 준 뒤 일정한 시간이 지나면 직원이 나와 알려 주는 식이다. 한국 사우나처럼 뜨거운 물을 주지도 않고 냉탕 시설이 별도로 있는 것도 아니다. 그냥 몸을 담그고 시간이 지나면 나오라는 식이다. 한 번 목욕하는 데 15불 요금에다 수건을 가져다 주는 직원에게 팁까지 주어야 하니 여간 아까운 게 아니다.

그럼에도 내가 이 도시를 자주 찾는 이유는 도시 중심부에 있는 공짜 광천수를 마시고 또 가져간 물통에 마음껏 채워 오는 '수확'을 얻을 수 있기 때문이다.

사라토가 온천물은 그 고농도 탄산이 타의 추종을 불허한다. 한국 설악의 오색 약수보다는 못하겠으나 탄산이 강력한 게 특징이다.

아무리 비위 좋은 사람이라도 이 물은 많이 못 마신다. 탄산이 워낙 진하기 때문이다. 이 물에 설탕을 조금만 타면 사이다이고,

초콜릿을 조금만 넣으면 콜라보다 백 번 낫다.

사라토가 동네 한가운데 이런 무료 탄산수가 두 군데나 있다. 나는 이 탄산수가 땅속에서 끝임없이 솟아나오는 것이 신기하고, 숙박비도 줄이려 탄산수 샘물 옆에 자동차를 세워 놓고 밤을 지새운 적도 있다.

'이런 바보같은 사람들이 있나? 이 소중한 물을 그냥 흘러 내버리다니. 여러 가지 일이 정리되면 이리로 이사 와서 한국식 북청물장수나 해볼까?' 나는 이런 몽상을 해보기도 했다.

나중에 안 거지만 온천이 널려 있는 미국 서부에는 이렇게 온천수를 그냥 흘러 내버리는 곳이 적지 않다는 사실에 다시 놀랐다.

콜로라도 주의 파고사스프링스 온천과 와이오밍 주의 써모폴리스도 그중의 하나다. 깊은 계곡에는 이런 공짜 온천이 아직 미개발 상태로 있다는 게 온천 동호인들의 지적이다.

한국 기획 부동산 관계자에게 간곡히 바란다. 이들 지역 온천 개발에 한번 관심을 가져 보라고 말이다.

# 체인점 왕국

도시인들이 여행을 다니면서 속이 출출할 때 가장 반가워하는 것 가운데 하나는 전국 체인 음식점을 발견할 때이다. 이런 곳은 패스트푸드에 입맛이 든 많은 이들에게는 자신이 살던 곳과 같은 품질과 가격 그리고 기호를 바꾸지 않아도 되는 반가움이 있기 때문이리라.

그러나 여행의 참맛을 아는 이들은 가능한 한, 아니 절대로 패스트푸드점을 찾지 않는다고 한다. 그것은 진부하고 지방이 많고 여행지의 특색 있는 음식이나 토박이들의 음식 솜씨를 맛볼 수 없기 때문이다.

미국 여행을 해보노라면 수많은 도시들이 모양과 지형이 조금씩 변형이 되었을 뿐 많은 중소 도시들이 천편일률적으로 지루한 모습을 보인다.

월마트, K마트 같은 대형 체인 마켓에서 세븐 일레븐, 와와 등 중소 그로서리 체인, 맥도널드, 웬디스, 캔터키 프라이드치킨, 서브웨이, 타코벨 그리고 커피전문점 스타벅스, 던킨 도너츠 등은 우리가 잘 아는 식음료 체인점들이다.

이뿐인가?

호텔 체인점, 비디오 대여 체인점, 부페 체인점 등 영역별, 분야별로 선두를 다투고 있다. 이들은 원가절감, 동일 품질 등을 무기로 최근에는 선택 폭도 넓혀 소비자를 붙들고 있는 것이다. 이러다간 전국의 모든 도시가 체인점(프랜차이즈점)으로 채워질 판국이다.

이 체인점들이 확장될수록 많은 이들에게 편의를 주지만 다른 한편으로 부작용이 늘고 있다.

이런 체인점으로만 이뤄진 상가를 상상해 보라. 도시마다 체인점들이 구색 맞춰 이뤄진 도시 말이다. 사실 미국의 많은 도시들이 그런식으로 변하고 있는 실정이다. 어느 중소 도시를 가도 상점 배치가 너무 똑같고 천편일률적이다. 도대체 이 도시가 도대체 펜실베이니아인지 버지니아인지 아니면 서부인지 남부인지 알 길이 없을 지경이다. 적어도 주로 체인점으로 형성된 몰이나 상가를 돌아

보면 그렇다.

사정이 이렇다 보니 뜻 있는 이들은 도시 고유의 특색을 살리려 애쓰고 있다.

랭커스터의 경우도 마찬가지다. 종합 양판점인 월마트와 타겟이 자리를 잡으려 몇 년째 주민들과 실랑이를 벌이고 있다. 이들 회사들은 막강한 자본력으로 이 지역 땅을 사들이더니 이제는 상점 입주를 위한 작업에 박차를 가하고 있다. 지역 주민들은 이런 사실을 뒤늦게 알아채 환경 및 교통 영향 평가의 엄격한 적용, 장기적인 도시의 특색 퇴색화 등을 내걸고 결사 반대하고 있다.

최근의 소식은 이들 대기업들이 충분한 도로 확보 등 여러 장치를 마련한다는 조건으로 결국 입주에 성공하리라는 전망이다. 재산권 행사라는 대기업의 주장에 소시민들의 우리 동네의 특색 보존이라는 명분이 퇴색해지는 순간이다.

이런 식의 자본 논리의 강화, 현대화의 확장 그리고 기술력의 신장 등 하루가 다르게 변하는 세태에서 이곳의 아미쉬들이 3백여 년을 전통을 고수하면서 마차를 타고 코스코 할인 매장을 드나드는 것은 아이러니라 하겠다.

미국 생활

# 미국식 재판

미국에서 처음으로 재판정에 서 보았다. 창피한 얘기지만 교통 위반 벌점이 한도인 6점을 초과할 위기에 처해 약식 재판에 이르게 된 것이다.

지난 여름에 위반한 것인데 거의 6개월이 지난 지금 재판일이 잡혔다. 그만큼 사건이 많아 재판소가 붐빈다는 얘기다.

아침에 출근하는 길이었는데 가게 근처까지 왔다가 정지 신호에서 정차하고 있다가 신호 변경을 기다리다가 실수로 무언가를 떨어뜨리는 바람에 브레이크에서 발을 떼면서 앞차를 들이받았다. 어이없는 사고였다. 앞차에 앉은 50대 가량의 남자는 나와 대화를 하려하는 시도조차 하지 않은 채 자신의 셀폰으로 경찰을 불렀다. 달려온 경찰에게 자초지종을 간단히 설명했는데 경찰은 나에게 벌점 3점에 해당하는 '부주의 운전' 딱지를 주는 게 아닌가? 사실 지난 해 12월 아들 녀석이 성탄절 교회 행사에 늦어 과속을 하는 바람에 얻은 벌점이 이미 5점이나 된다. 펜실베이니아 주에서는 벌점 누계가 6점 이상이면 면허정지까지 당한다.

여러 생각 끝에 소환장의 'Not Guilty'란에 서명을 하고 재판을 받기에 이른 것이다. 무죄 주장을 하려는 게 아니라 판사에게 사정이라도 할 생각에서였다.

며칠 잠도 설친 뒤 재판정에 섰다. 이날 피해자도 출석해 나를 긴장시켰다.

"피고는 무엇을 주장하려고 합니까?"

판사가 물었다.

"유죄를 인정합니다. 그러나 판사님 유죄가 되면 벌점이 올라 운전에 지장이 있고 그러면 생계를 꾸리는 데 애로가 있으니 선처해 주십시오."

문법에 맞는 영어인지 몰라도 이렇게 하소연했다.

판사는 피해자와 경찰에게 먼저 의견을 물었다. 피고가 이렇게 얘기하는데 어떻게 생각하느냐는 것이다. 이에 대해 피해자와 경찰은 다시 판사에게 공을 넘겼다.

"판사님 권한이니 재량에 맡기겠습니다."

잠시 생각에 잠긴 판사는 이렇게 판시했다.

"피고에게는 벌점이 없는 다른 교통법규를 위반한 것으로 하고 벌금을 부과한다."

나에게는 둘도 없는 크리스마스 선물이었다. 법정을 나오면서 미국식 법제에 흥미가 생겼다. 법령의 규범과 경찰의 입장 그리고 피해자의 사정 등을 종합적으로 배려한 솔로몬의 판결이 아니었나 하고 쓴웃음이 나왔다.

나와 동행해 준 에이드리언 할아버지는 이런 경우를 "Luck of an Irish"라고 한다고 맞장구를 쳤다.

# 어렵고 힘들 때

미국 역사학자 프레드릭 터너는 이른바 '프론티어 이론'으로 유명하다. 미국의 프론티어는 성장과 발전의 원동력이 되어 왔으며, 서부로 그 프론티어가 마무리되면서 '제1기 미국'이 끝났다는 요지의 주장이다. 초기 미국의 발전 원동력은 변경이 확대 이루어졌고 변경이 확장되면서 각종 문제가 해소되는 길을 걸었다는 이론이다.

실제로 20세기 초 중부 오클라호마와 아칸소 주 일대에 그 악명 높은 모래 폭풍이 불어 이 일대의 미국인의 생존권을 위협했을 때 서부는 이들의 새로운 삶의 근거지로 떠올랐다.

두 차례에 걸친 세계대전은 미국 내 인구 이동을 촉발시켰다. 통계에 따르면 2차대전을 계기로 중부나 남부의 인구가 군수 산업 등에 취업을 위해 8백만 명이 서부와 북부 지역으로 이동했다고 한다. 전쟁 이전 당시 흑인의 75%가 남부에 거주했으나 전쟁을 기화로 무려 70만 명이 북부와 서부로 이주했다는 것이다. 1943년에는 한달 만에 무려 1만 명이 로스엔젤레스 지역으로 이동하는 기록도 있다.

빈곤을 타개하고 현실을 개혁해 보고자 이들은 때로는 눈에 보이는 혹은 보이지 않는 변경 지대로 과감히 몸을 내던진 것이다. 수많은 경제적 성공 사례에도 불구하고 1960년대의 미국은 마이클 해링턴의 지적처럼 미국 인구의 25%인 5천만 명이 빈곤층이었다. 조금씩 진전하고 있지만 커다란 진보는 아직 멀었다는 얘기다. 물론 여기서의 빈곤은 제3세계의 절대 궁핍과는 차원이 다르다.

현재 미국에는 수많은 문제가 터져 나오고 있다. 그럼에도 미국이 크게 동요하지 않는 데는 이렇게 새롭게 변경을 만들고 개척하기 때문이라는 생각이 든다. 테러 위협으로 나라의 색깔을 바꾸면서도 화성 탐사라는 또 다른 변경을 세우고 이를 넘어서려는 것이다.

인터넷을 통해 비쳐지는 조국의 모습을 보면서 나는 자주 이런 생각을 해본다. 한국 사람들도 지리적, 정신적 변경을 개척해 간다면 허다한 문제를 푸는 실마리를 발견하지 않겠는가 하고 말이다.

사실 우리나라는 좁은 땅에 너무 많은 사람이 사는 것이 아닌가 싶다. 좋은 사람도 너무 자주 부대끼면 허물이 보이는 것이 아닐까? 빈부의 격차, 소유의 많고 적음도 어느 정도 떨어져 살면 심각한 문제가 아니다.

나는 이웃들에게 어렵고 힘들 때일수록 시골이든 물 건너든 한 번 훌쩍 떠나 보라고 적극 권한다. 나 역시 이를 실천하려 애쓴다. 그러면 누구나 애국자되고 문학가가 되고 시인이 되고 철학자가 된다는 믿음 때문이다.

# 컬럼버스 데이 유감

미국은 지난 68년 존슨 대통령의 선언 이래 매년 10월 두 번째 월요일을 컬럼버스 데이로 정해 신대륙 발견을 기념한다. 대륙 발견 기념은 3백 주년 해인 1792년 뉴욕시티에서 컬럼버스를 기념하면서 시작됐다.

사실 역사적으로 볼 때 컬럼버스가 아메리카를 처음 발견한 것도 아니고 미국 땅을 밟은 최초의 유럽인도 아니다.

컬럼버스의 신대륙 최초 발견설은 워싱턴 어빙의 컬럼버스 전기에서 대륙 발견을 극적으로 묘사한 데서 비롯됐다.

오히려 컬럼버스는 착취, 살륙, 인종 말살의 화신임을 역사는 말해 준다. 하이티의 아라와크 인디안이나 현 도미니카공화국의 타이노족 말살 등이 명백한 증거이다.

1492년 컬럼버스가 현재의 도미니카공화국에 닿았을 때 이야기다.

당시 이곳은 원주민인 타이노족이 평화롭게 살고 있었다. 컬럼버스가 뭍에 오르자 족장 가운데 한 사람인 과카나가리는 그와 그의 부대를 환대했고 짐부리는 일을 도와주는 등 호의를 보였다. 그리고 둘은 선물을 나눴다. 과카나가리 왕이 컬럼버스에게 준 것은 금장식물이었다.

그러나 우정에 대한 선물로 준 이 선물이 이 부족의 운명을 가르는 저주의 상징으로 돌아오리라고 그는 꿈에도 생각지 못했으리라.

금을 본 컬럼버스는 이듬해 보다 많은 군대를 몰고 이 땅에 다시 상륙한다. 그는 원주민을 노예로 삼고 금광을 캐는 일에 전념한다. 컬럼버스 일행이 자행한 원주민들에 대한 잔혹한 탄압은 원주민들이 고통을 견디다 못해 바다나 절벽에 빠지거나 목을 매어 자살한 것으로도 충분히 추정할 수 있다.

반란에 나선 족장들을 설득해 평화 협정을 맺자고 부족장 80명을 불러 모은 컬럼버스 일행은 이들을 건물에 가둔 채 방화하는 비열함을 보이기도 했다. 현재 당시 이 일대 2백만 명으로 추정되는 타이노족은 지구상에서 공식 멸종한 것으로 보고되고 있다.

이런 역사적 사실이 속속 드러나면서 현재 미국인들 사이에서 컬럼버스 데이를 국경일로 여기는 이들은 점차 줄고 있다. 그럼에도 공식적으로 이날은 국경일이며 매년 캘린더에 하루를 장식한다.

어찌 보면 이날은 컬럼버스가 신대륙을 발견한 것을 기념한다기보다는 인종 말살의 만행을 기억하자는 '반면교사'의 기념일로 지켜지고 있는지 모른다.

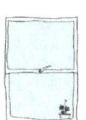

인디언, 흑인, 스패니쉬

# 인디언 역사

오늘의 미국을 이해하는 데 인디언의 역사를 탐구하는 것은 매우 중요한 일이다.

그동안 할리우드는 외부 세계에 인디언의 존재와 역사를 왜곡하는 역할을 해온 게 사실이다.

최근에서야 인디언의 참역사가 하나씩 밝혀지고 있는 것은 그나마 다행한 일이다.

아메리카 인디언은 무려 5백여 개의 부족 국가에 3백 개가 넘는 언어를 사용했다. 이들 가운데 그동안 왜곡되어 온 역사 일부를 소개한다.

동북부 호데노쇼니 인디언은 민주주의를 진작부터 실시해 온 민족국가였다. 미 건국의 영웅은 이들로부터 민주주의를 배운 것으로 드러나고 있다.

중북부 오다와 인디언은 어떤가? 이들이 추장 폰티악의 지도력 아래 강력한 힘을 발휘하자 당시 영국군은 인디언들이 쓰는 담요에 천연두균을 몰래 집어 넣는 '더러운 전쟁'을 벌이기도 했다.

강력한 전투력으로 미군을 위협했고, 특히 커스터가 이끄는 기병대를 전멸시킨 수우 인디언들은 화평을 위해 백기 투항했으나 미군 측은 이들을 비무장 상태로 모아 놓고 학살했다. 그 뒤 미군은 수우 인디언의 저항이 그치지 않자 그들의 정신을 말살하는 일환으로 그들이 신성시하는 바위산에 미국 대통령의 얼굴을 새긴다. 그것이 마운틴 러시모어다.

지금의 남캘리포니아 일대에 거주한 슈마쉬 인디언은 스페인 기독교 신부들로부터 고초를 겪는다. 인디언들은 교회 건축에 강제 동원되었고, 골드러시 이후에는 백인들의 노예로 전락한다.

미군은 나바호 인디언들을 3백 마일 떨어진 불모지로 강제 이주시키면서 이들의 식량 옷가지를 모두 불태웠다. 나중에 미군은 이런 강제 이주가 실책임을 자인하고 본래의 거주지로 되돌려 보낸다. 그러나 그 이주 과정에서 인디언의 1할이 추위와 배고픔으로 죽었다. 또한 최근 밝혀진 사실인데 미군은 제2차세계대전 당시 나바호 인디언 언어를 전쟁 암호로 사용했다고 한다. 독일과 일본군은 이를 해독하지 못했다. 2차대전 당시 공로를 세운 이 나바호 인디언들은 전쟁이 끝난 지 50년이 지난 2001년에서야 국가 훈장을 받는다.

백인들에게 가장 개화된 인디언으로 알려진 동남부의 5개 인디언 부족 가운데 체로키 인디언의 강제 이주사는 인디언의 운명을 상징적으로 보여 준다. 스모키 마운틴 지역에 거주 하던 체로키 인디언은 오클라호마 지역까지 무려 1800마일에 이르는 강제 이주를 당한다. 이것이 바로 '눈물의 여로(Trail of Tears)'이다. 이 눈물의 여로를 끝으로 미군의 인디언 정복사는 공식적으로 마무리된다. 그러나 인디언의 영혼은 지금도 승리자나 패배자 모두에게 생생한 교훈이 되고 있다.

인디언들은 이렇게 미국 역사의 뼈아픈 상처로 남아 있다. 우리가 미국의 번영과 성장을 이야기할 때 인디언들의 희생과 고난을 외면해선 안 된다. 사실 규명 작업은 물론이고 이에 대한 대책을 깊이 논의할 때이다.

# 1천 8백 마일 대장정 네스 퍼스 인디언

현 오레곤 주 포틀랜드에서 동쪽으로 2백 50마일 떨어진 왈라와 밸리에 말 사육에 각별한 능력을 가진 인디언들이 살고 있었다.

네스 퍼스 인디언이라고 불리는 이들은 유럽인들이 이들을 처음 조우했을 때 코에 구멍을 뚫고 장식물을 붙였다고 해서 이렇게 이름이 붙여졌지만 실제 그런 장식을 하는 이들은 극소수라 한다.

이들은 오히려 자신들을 니미푸(진정한 사람들)라고 불렀다. 이들은 루이스클라크 탐험 시절부터 백인들과 평화롭게 지냈다.

이러한 평화 관계는 50년간 지속된다. 네스 퍼스는 백인을 단 한 사람도 죽이지 않은 것을 자랑스러워했다.

그것은 1855년 아이다호 지역 주지사인 아이작 스티븐스의 제안에 따라 1만 스퀘어마일의 인디언 영토를 보장해 주기로 협정을 맺은 것으로도 입증된다.

그러나 1860년대 골드러시가 불고 이 지역에도 금이 발견되자 상황은 달라졌다. 서부 이주민이 폭주하면서 백인들은 흑심을 드러낸 것이다.

1863년 아이다호 관리들은 인디언과 재차 협의를 요청해 1만 스퀘어마일의 10분의 1인 1천 스퀘어마일만 허용하자고 요구한다.

대다수 인디언들은 이를 거부했다. 대표격인 추장 요셉은 격분해 성경을 내던지고 자신의 전통 종교로 돌아갔다. 그리고는 그는 1871년 사망한다.

요셉의 뒤를 이은 치프조셉이 지도자가 된다.

그전까지 네스 퍼스는 언제나 미국인과 친구였다. 남북전쟁 이후 오레곤 테리토리가 열리면서 백인 이주자, 소몰이꾼, 금광 채굴 광부들이 이 지역으로 몰렸다.

미국 정부는 네스 퍼스와의 그동안의 친분에도 불구하고 정착인의 요구만 대변할 뿐이었다.

1877년 올리버 하워드 장군이 워싱턴 대통령의 명령에 따라 왈라와 밸리에 들어온다. 네스 퍼스를 몰아내기 위해서다.

조셉은 마지못해 왈라와 밸리를 포기하는 데 동의했음에도 불구하고 긴장은 계속된다. 네스 퍼스가 보호구역으로 이동하기로 준비하던 중 아버지가 정착인으로부터 살해된 한 젊은이가 몇몇 친구들을 모아 4명의 정착인(네스 퍼스 인디언에 적대적인)을 살해하는 사건이 발생한다. 그 뒤 7명의 정착인이 다시 살해된다.

이에 하워드 장군은 군대를 파견한다

네스 퍼스 지도자들은 백기를 들고 정전 협정을 위해 파견된다. 하지만 하워드 군대는 발포한다. 7백 명이 넘는 여성, 아이, 환자, 노인 등이 장정에 나선다. 1천 8백 마일에 이르는 대퇴주 장정이다. 이 사건으로 치프조셉은 식탁의 화제에 오를 정도였다. 이들은 캐나다에 위치한 시팅불의 캠프에 가 캐나다에 정치적 망명을 하는 게 목표였다.

아이다호의 산악 계곡 평원을 돌고 돌아 비터루트 산맥을 거쳐 몬타나 와이오밍을 거쳐가는 것이다.

105일간의 끊임없는 추적끝에 네스 퍼스는 몬타나의 베어포우 마운틴에 도착한다. 하루만 더 가면 자유가 있다.

그러나 치프조셉은 총을 포기했다. 10월 5일 넬슨 마일스 장군은 치프조셉을 불러 정전협정을 요구하고 캐나다 국경을 불과 30마일을 남겨 둔 베어포우에서 그를 붙잡는다.

그가 생존자 4백 30여 명(남자 80명, 여성과 어린이 3백 50명)

밝힌 항복연설은 인디언의 상황을 잘 말해 주고 있다.

"나는 지쳤다. 나의 마음은 아프고 또한 슬프다. 이제 태양이 서 있는 지금 이곳에서부터 나는 더 이상 영원히 싸우지 않을 것이다."

그 뒤 미국은 치프조셉의 항복 조건을 이행하지 않았다. 붙잡힌 네스 퍼스 인디언들은 남부로 이송됐다. 말라리아가 창궐한 보호 구역인 캔사스 주 포트레벤워스에 보내졌고 이후 오클라호마로 재이송됐다.

치프조셉은 워싱턴에 가 그들의 토지로 보내 줄 것을 의회에 줄기차게 요구했으나 관철되지 않았다.

1885년 이런 줄기찬 요구가 관철돼 8년 뒤 네스 퍼스는 북서부로 이동했으나 고향은 아니었다.

조셉과 1백 50명의 무리는 워싱턴 테리토리 보호구역으로 이동하고 치프조셉은 그 뒤 임종을 맞는다. 그의 의사는 그가 '한이 맺혀(Broken Heart)' 사망했다고 진단했다.

# 큰바위 얼굴의 의미

"백인들과 맺은 협정 가운데 인디언들이 위약한 게 있는가? 하나도 없다. 백인이 우리들과 맺은 협정 가운데 백인들이 지킨 것이 몇이나 되나? 단 하나도 없다."

지금의 다코타 주 일대 수우(Sioux) 인디언 추장 시팅불은 당시 백인의 이중성을 이렇게 토로했다.

1870년 대 후반은 미국이 인디언 문제를 마무리하는 시기였다.

대륙 중북부 평원 지역 인디언들은 남쪽으로 쫓겨 보호구역으로 보내졌다. 그러나 소수 지도자들은 최후까지 결사 항전을 주장했다. 이 가운데 대표적 인물이 수우 인디언 추장 시팅불과 크레이지호스다.

이 두 지도자를 중심으로 인디언들은 현 몬타나 주 리틀 빅혼 강으로 집결한다. 역사가들은 8천여 명의 인디언이 모인 것으로 기록하고 있다.

당시 미군의 인디언 토벌 대장 조지 암스트롱 커스터는 자만심에 차 있었다. 동료들의 만류에도 그는 수우 인디언 캠프인 리틀빅혼으로 진격한다.

30분도 안 돼 전투는 끝났다. 커스터를 포함해 이끈 제7기병대 260명 모두 전사했다. 인디언도 1백 50명이나 죽었다. 인디언은 '부녀자 살인마'라고 불린 커스터의 죽음에 환호성을 질렀다. 그러나 미국 신문은 이 사건을 사실 확인도 않고 '학살'이라고 왜곡 보도했다. 이것이 인디언의 미군에 대한 마지막 대승으로 알려진 리틀 빅혼의 전투이다.

그 뒤 인디언도 전력을 급속히 상실한 나머지 시팅불 일행은 캐나다로 망명했다. 크레이지 호스가 이끄는 오글라라족은 블랙힐스에 안식처를 찾았다.

미군은 그 뒤 이곳에 전력을 지속적으로 투입해 인디언 토벌에 박차를 가했다. 그러나 수개월이 지나도 수우 인디언을 패퇴시키거나 추장을 붙잡는 데 실패했다. 이에 미군은 평화와 보호를 약속하며 항복을 받아 낸다.

크레이지 호스는 1천여 명의 인디언을 이끌고 캠프 로빈슨에서 백기 투항한다. 수우 인디언 일파인 오글라라족은 총을 내려놓고 평화를 기원하며 환호했다.

그러나 미군의 평화 약속은 거짓이었다. 수개월 뒤 크레이지 호스는 작은 막사로 보내져 창검으로 등을 찔려 살해당한다. 그 뒤 수많은 인디언들이 뒤를 이어 살해돼 '운디드 니'라고 불리운 개천가에 매장됐다.

리틀 빅혼 전투와 운디드 니 학살 사건은 인디언의 백인과의 마지막 전쟁으로 기록된다.

백인들의 약속 위반에 항거한 수우 인디언들의 항쟁은 지금도 계속되고 있다. 미국 정부는 수우 인디언들이 신비하게 여기고 숭배하는 블랙힐스 지역의 바위산에 자신들의 건국 영웅 얼굴을 새긴다. 인디언을 정신적으로도 말살하기 위함이다.

수우 인디언은 그 뒤 백인들의 블랙힐스 강점을 소송해 지난 2000년 마침내 승소한다. 다만 대법원은 돈으로 지급할 것을 판결했지만 수우 인디언들은 땅을 돌려 달라고 맞서고 있다. 나라는 빼앗겼지만 조상의 정신만은 간직하겠다는 것이다.

워싱턴을 지켜보고 있는 마운틴 러쉬모어 큰바위의 얼굴들. 이는 우리에게 정복과 침략의 피눈물 나는 역사를 증언해 주는 유물이다. 미국인에게는 정복의 전리품이지만 인디언들에겐 마치 일본

제국주의자들이 한반도에 박아 놓은 쇠말뚝과 같은 씻을 수 없는 역사의 상흔인 것이다.

# 불과 40년 전의 일

미국 남부 한 식당에 있는 화장실은 세 칸으로 나뉜다. 'MAN, WOMAN, COLORED.'

남자 화장실, 여자 화장실 그리고 유색인종 화장실이 그것이다. 백인 남자와 여자는 '방'을 따로 쓰면서도 흑인에게는 남녀 같이 쓰라고 이렇게 지었다. 믿기지 않지만 그러나 엄연한 사실이다. 불과 40년 전의 일이다.

또 다른 식당의 별채 화장실에 걸린 팻말엔 '유색인종 식당은 화장실 뒤에 붙어 있음'이라고 쓰여 있다. 흑인은 백인 화장실 뒤에서 식사를 해결하라는 것이다. 이것 또한 불과 40년 전의 이야기다.

버지니아 주의 한 백인은 흑인 아내를 맞았으나 지방 법원이 혼인 신고를 접수하지 않았다. 이 고장 판사의 거부 사유인즉 "하나님이 백인 흑인 황인을 나누어 창조한 만큼 인간이 서로 다른 색깔을 섞지 못한다"는 것이다. 그 뒤 이들 부부는 대법원에 상소해 승리했으나 불과 40년 전의 얘기다.

불과 40년 전 미국의 흑인들은 눈물의 투쟁을 통해 인간임을 선언해야 했다. 아칸소 주 흑인 여고생들은 백인 일색의 학교에 온갖 굴욕과 핍박을 무릅쓰고 교정에 들어서야 했다. 대학생들은 자신들을 거부하는 백인 식당에서 버티어야 했다. 당시 흑인들은 버스를 타도 뒷좌석에만 앉아야 했다. 이런 차별을 철폐하기 위해 노력한 이들은 평범한 서민들이었다.

가게 손님 브라운에게 물어보았다. 남부 노스케롤라이나에서 태어나 북부 오하이오 펜실베이니아에 산 경험이 있는 그는 아직 그런 차별은 곳곳에 있다고 강조하면서 남부는 차별을 공공연히 하는 반면 북부의 경우는 겉으로는 드러내지 않으면서 은연중에 이뤄진다고 흥분한다.

구직이나 주택 구입 등에서는 물론이고 은행 융자에서도 흑인들은 정당한 대우를 받지 못하고 있다는 것이다.

우리나라의 경우는 어떤가? 피부색은 아니지만 출신, 학벌 등으로 서로 차별하지 않았던가?

나는 브라운의 문제 의식에 공감하지만 다른 한편으로는 많은 흑인들이 자신의 책임을 떠넘기려한다는 이곳 한인들의 주장도 일리가 있다고 본다. 나는 그러나 브라운의 해결책이 더욱 가슴에 와 닿았다.

"미국인들이 너무 물질주의적으로 되어 가고 있어 큰 문제입니다. 동양인들은 그렇지 않은 것 같은데… 과거에는 피부색으로 차별한다면 지금은 자동차나 옷 입은 것을 보고 차별하는 것 같아요."

불과 40년 전의 인종차별 의식이 자본주의의 옷을 입고 숨었지만 아직 엄존하고 있는 것이다.

# 험한 세상의 다리가 되길

　미국 시골길에는 우리 같은 이방인의 발길을 멈추게 하는 게 하나 있다. '커버드 브리지'라는 것인데 우리 말로 지붕덮인 다리라고나 할까. 개울이 많은 동부 지역에서 많이 볼 수 있는 이 다리들은 짧은 미국 역사의 귀한 문화 유산이기도 하다. 이 커버드 브리지는 미 동부 지역만 수천 개에 이를 정도로 많다. 그만큼 개울이 많다는 반증이기도 하다.

　백여 년 전 주로 교통 수단으로 제작된 다리지만 지역마다 쓰임새가 다양했다. 지붕이 덮여 있으니 마을 회관이나 지역공동체의 게시판으로도 사용되었다. 그리고 다리 안에서 소원을 빌면 이뤄진다는 wishing bridge도 있다. 연인들이 첫 키스를 이곳에서 훔친다고 해 kissing bridge라는 별명이 붙기도 했다.

이 다리들에 지붕이 덮인 데는 여러 가지 이유가 있다. 통행하는 말이나 마차가 지나갈 때 말이 다리밑 개울을 쳐다보면 놀라 뛰지 말라고 다리 상판을 막았다는 이야기도 있지만 나무로 지어진 걸로 보아 세월이 지나도 부패를 막기 위함이라는 게 정설로 통한다.

영화와 소설로 알려지다시피 메디슨 카운티의 다리는 이뤄질 수 없는 사랑의 일탈과 아픔을 담은 다리로 지역의 귀한 관광 명소가 되기도 했다. 그러나 아쉽게도 얼마 전 이 다리가 동네 청소년들의 방화로 소실되고 말았다. 동부의 많은 커버드 브리지가 매년 한 두 개씩 홍수 등 자연재해로 유실되고 있다는 안타까운 소식이다. 그래서 커버드 브리지가 많은 버몬트, 뉴욕, 펜실베이니아, 오하이오, 인디애나 주 같은 데는 주민들의 커버드 브리지 보호 모임도 확산되고 있지만 역부족이란다. 동서를 불문하고 당국의 문화에 대한 지원이 인색하기는 마찬가지인가 보다.

내가 살고 있는 펜실베이니아 랭커스터카운티도 커버드 브리지로 유명한 지역이다. 언젠가 이들 다리를 소개하는 책자를 펴낼 생각으로 자료를 수집 중이다. 그런데 한국에서 어느 건설 회사 대표가 한국의 다리에 대한 역사서를 펴냈다니 반갑기 이를 데 없다. 꼭 사서 정독하고 싶다.

며칠 전 스테이트 칼리지라는 곳을 찾아 이곳의 커버드 브리지를 멀리서 바라만 보았다. 이 동네 노인들의 어렸을 적 추억이 그대로 담겨 있는 정감어린 다리였다.

## 커버드 브리지

"개울 아래쪽에 물놀이하는 장소만 없었다면 이 다리에선 유령이 출몰할 게 분명하다. 인근 산길은 세월이 흐르면서 형체를 잃었다. 가장 큰소리는 이따금 들리는 새들의 지저귐과 다리 밑으로 흘러 내리는 물소리뿐이다. 숲은 마치 이 근처에 사람이라곤 산 적이 없는 양 흙을 삼켜 버렸다. 이곳엔 농가적 고립감보다는 마치 지구의 종말이 가까웠다는 분위기가 감돌고 있다."

커버드 브리지 전문가인 에드 바나는 버먼트 주 북부의 크리머리 커버드 브리지의 이미지를 이렇게 묘사했다.

미국 역사 유물로 꼽히는 것 중 커버드 브리지를 지나칠 순 없다. 커버드 브리지는 미국 역사상 목재 가공 황금기에 가장 빼어난 표현 가운데 하나이다.

이 커버드 브리지는 유럽 중세 후반에까지 그 역사가 거슬러 오른다. 그러나 19세기 초 미국 동북부에서 그 기술과 디자인이 최고조로 비약하게 된다. 이는 우연이 아니다. 우선 유럽의 경우 목재가 진작에 고갈된 데 비해 신대륙 미국의 경우 무궁무진했다.

쇠붙이가 도구의 중심으로 자리잡기 이전, 이곳 사람들은 나무의 성질과 용도에 대해 깊은 지식을 축적하고 목재 가공 기구를 개발해 왔다. 이때는 그야말로 '나무의 시대(Age of Wood)'였고 커버드 브리지는 이 시대의 기술과 예술이 결집된 건축물로 꼽힌다.

커버드 브리지를 자세히 관찰해 보면 몇가지 의문이 생긴다. 왜 지붕이 덮인 것일까? 다리의 구조가 조금씩 다른 이유는 무얼까? 개천을 잇는 역할 외에 이 다리는 동네 사람들에게 어떻게 활용되었을까?

우선 지붕을 덮는 가장 큰 이유는 나무의 부패를 막기 위함이다. 매사추세츠 출신 목수인 티모디 팔머가 1805년 필라델피아 스쿨킬 강을 잇는 다리를 건조하면서 지붕을 씌운 것이 첫 커버드 브리지로 알려져 있다.

커버드 브리지는 물길을 건너는 교량의 역할 말고도 동네의 상징이자 놀이와 회합의 광장이었다. 우리나라 시골 마을 초입 느티나무 그늘이나 성황당의 역할을 했다고 할까?

브리지는 여행객들에겐 소나기를 피하는 쉼터가 되기도 하고, 서커스 광고판이라든가 종교 집회 고지, 시의 채용 광고가 붙는 광고판으로도 활용됐다.

커버드 브리지가 건조되던 시절에는 공공건물이 많지 않았던 까닭에 이곳은 주민 회의를 비롯해 정치 집회, 교회 만찬, 군사 집회가 이뤄지기도 했다. 어린이들에게는 현재의 야구와 비슷한 'One-O-Cat'라는 놀이의 장소로도 자주 이용됐다.

펜실베이니아 주는 그 숫자면에서 커버드 브리지가 가장 많이 남아 있는 주로 알려져 있다. 인디애나 주 파크카운티는 주 전체의 92개 다리 가운데 32개로 가장 많은 커버드 브리지를 보유하고 있어 'Covered Bridge Capital of the World'라고 자랑하면서 매년 10월 커버드 브리지 축제를 열기도 한다. 버몬트 주의 경우는 주 전체에 커버드 브리지가 골고루 퍼져 있어 어디에 살든 주민들이 브리지를 찾기 쉽다.

펜주의 커버드 브리지는 다른 동북부 지역 다리에 비해 상대적으로 길다. 그래서 그만큼 남녀간의 대화 기간이 길어져 뽀뽀할 '기회'가 많아짐에 따라 'Kissing Bridge'의 발상지라고 이 지역 주민들은 자랑스러워한다. 커버드 브리지는 소원을 성취하는 마력을 지녔다고 해 'Wishing Bridge'라는 별명도 지니고 있다. 다만 조건은 커버드 브리지에 들어가기 전이나 다리의 중간에서 소원을 빌고 다리를 건너는 사이에 절대로 말을 해서는 안 된다는 것이다. 피트포트타운 향토사가인 진 데이비스는 다리를 건너기 전 숨을 들이쉰 뒤 "버니 버니 버니 버니"라고 네 번 외치고 다리를 빠져나온 뒤에는 같은 들숨으로 "래빗"이라고 외쳐야 소원이 성취된다는 속설을 전하기도 했다. 우리나라 도깨비의 역할을 이곳에선 토끼가 대신하고 있는가 보다.

그런데 이 커버드 브리지에서 로맨스와 정다움만 있었던 것은 아닌 것 같다. 어떤 이는 커버드 브리지 안에서 강도를 만나 뭇매 맞아 살해되기도 했고, 어떤 다리는 목매어 자살하기 좋은 장소로 이용되기도 했다. 다리 바닥을 수리하기 위해 일부 상판을 떼어 내 구멍이 있는 것을 모르고 동네 아이가 참외서리를 하다 들켜 다리 안으로 급하게 뛰어들다 이 구멍에 빠져 다리 밑으로 떨어져 중상을 입는 사고도 보도된 적이 있다.

커버드 브리지는 구조에 따라 킹포스트, 퀸포스트, 하우, 타운, 버(Burr) 등 다양한 모습을 하고 있다. 건축 전문가가 아니더라도 이런 구조가 당시 말과 웨곤이 통행하는 데 불편하지 않게 만든 튼튼한 구조임을 알 수 있다. 그것은 많은 커버드 브리지가 2백 년이 지난 지금도 자동차가 통행하는 데 아무런 어려움이 없기 때문이다.

커버드 브리지는 홍수나 화재 그리고 당국의 관리 부실 등으로 제모습을 잃어가고 있다. 영화로 잘 알려진 '메디슨카운티의 다리'가 동네 청소년들의 방화로 소실됐다는 소식은 우리를 슬프게 한다. 다만 동호인 등 뜻 있는 이들의 보살핌으로 더 이상의 훼손을 막으려 안간힘을 쓰고 있는 것은 다행한 일이다.

외국인들은 물론이고 많은 미국 현지 주민들도 커버드 브리지의 아름다움을 제대로 즐기지 못하는 것 같다. 그것은 빡빡한 여행 일정 가운데 주로 벽지에 위치한 커버드 브리지를 방문하기에는 시간상 많은 제약이 따르기 때문이리라. 몇 군데 커버드 브리지를 방문한 뒤 실망해 더 이상의 방문을 꺼리는 이들도 있다. 기대한 만큼 웅장하거나 화려하지 않은 연유에서다. 그러나 커버드 브리지는 다리도 다리이지만 그 다리를 찾아가는 길 그리고 그 다리의 주변 등 종합적이고 총체적으로 감상해야 한다고 생각한다.

미국을 방문하는 이들에게 나는 특히 뉴잉글랜드 지역이나 미 동북부를 방문할 기회가 있다면 짬을 내 꼭 커버드 브리지를 방문하라고 권하고 싶다. 미국 건국 초기 서민들의 생활, 그들의 장인정신 그리고 낭만과 애환을 가깝게 느낄 수 있는 문화 유산이기 때문이다.

사랑을 고백하고 싶으나 적절한 장소를 찾지 못하는 분이 있다면 커버드 브리지 안으로 들어가라. 언제 찾아 오더라도 이곳에선 수많은 사랑의 밀어를 들을 수 있다.

한국인이 본 미국 서민생활 이야기

## 아름다운 나의 세탁소

초판인쇄  2005년 10월 10일
초판발행  2005년 10월 15일

지 은 이  양대석
펴 낸 이  김제구
펴 낸 곳  리즈앤북

등    록  2002년 11월 15일
주    소  121-842 서울시 마포구 서교동 482-38
전    화  02.332.4037(代)
팩    스  02.332.4031

ISBN 89-90522-36-6 03810